꽃으로 남는 사람들

지은이

박태일 朴泰一, Park Tai Il
1954년 경남 합천군 율곡면 문림리 태생. 부산대학교 국어국문학과에서 학사, 석사, 박사 과정을 마쳤다. 1980년『중앙일보』신춘문예 시 부문에「미성년의 강」이 당선하여 문학사회에 나섰다. 시집으로『그리운 주막』,『가을 악견산』,『약쑥 개쑥』,『풀나라』,『달래는 몽골 말로 바다』,『옥비의 달』,『연변 나그네 연길 안까이』, 연구·비평서로『한국 근대시의 공간과 장소』,『한국 근대문학의 실증과 방법』,『한국 지역문학의 논리』,『경남·부산 지역문학 연구』1,『마산 근대문학의 탄생』,『유치환과 이원수의 부왜문학』,『시의 조건, 시인의 조건』,『지역문학 비평의 이상과 현실』,『경남·부산 지역문학 연구』4,『한국 지역문학 연구』를, 산문집으로『몽골에서 보낸 네 철』,『시는 달린다』,『새벽빛에 서다』,『지역 인문학−경남·부산 따져 읽기』를 냈다. 그밖에『가려뽑은 경남·부산의 시 ① 두류산에서 낙동강에서』,『크리스마스 시집』,『동화시집』,『소년소설육인집』,『무궁화−조순규 시조 전집』,『정진업 전집 ① 시』 등을 엮었다. 김달진문학상, 부산시인협회상, 이주홍문학상, 최계락문학상, 편운문학상, 시와시학상을 받았다. 2020년 정년을 맞아 한정호·김봉희가 엮은『박태일의 시살이 배움살이』가 나왔다. 현재 경남대학교 국어국문학과 명예교수이다.
jiook2@hanmail.net

용을 낚는 사람들

초판인쇄 2024년 3월 20일 **초판발행** 2024년 3월 25일

지은이 박태일

펴낸이 박성모 **펴낸곳** 소명출판 **출판등록** 제1998-000017호

주소 서울시 서초구 사임당로14길 15 서광빌딩 2층

전화 02-585-7840 **팩스** 02-585-7848

전자우편 somyungbooks@daum.net **홈페이지** www.somyong.co.kr

값 39,000원
ISBN 979-11-5905-873-8 03810
ⓒ 소명출판, 2024

꽃을 내는 사람들

박태일 시선집

시선집을 엮으며

드디어, 시선집을 한 권 마련한다. 굳이 드디어라 말문을 여는 데는 까닭이 있다. 지금보다 젊은 때인 2014년, 여섯 번째 시집 『옥비의 달』을 낸 뒤 시선집을 한 권 지녔으면 했다. 그러다 마음을 고쳐 닫았다. 시선집보다 신작 시집 한 권 더 내려는 노력이 바쁜 일이라 생각했던 까닭이다.

다시 마음을 낸 때가 일터에서 정년을 맞기 앞선 2019년 무렵이다. 정년이란 안팎으로 삶에서 큰 매듭을 짓는 일. 시를 오래 써온 사람으로서 한 차례 선집을 묶는 일도 바람직하리라 여겼다. 그런데 그 마음 또한 정년을 기념해 준비하고 있었던 두터운 연구서 『한국 지역문학 연구』 출판에 밀려 접었다.

이제 칠순으로 올라서서 시선집을 낸다. 1954년 태생이니 2024년이 칠순이다. 오랜만에 지난해 일곱 번째 시집 『연변 나그네 연길 안까이』를 낸 참에 그것을 징검돌 삼아 꾀한 일이다. 낱낱 시집 일곱 권 가운데서 30편씩 골랐다. 모두 210편이다. 두텁지만 그냥 가기로 한다. 앞으로 멀리 남은 일거리는 시전집 묶기. 그런데 그 일을 내가 손수할 수 있을지, 어떨지는 가늠하기 어렵다. 또 묶지 못한다 한들 무슨 문제랴.

시선집을 위해 작품을 올리면서 이즈음 생각에 따라 손질을 한 곳이 있다. 창작 무렵의 언어 감각이나 분위기를 살리면서도 옛날에 지나쳤던 잘못과 실수, 무지를 뒷날에 고치는 격이다. 나쁘다고만 할 수 없다. 따라서 지난 창작시 가운데서 시선집에 실은 작품 원전은 이제 이 안의 것이 되는 셈이다.

내가 본격 시문학사회에 얼굴을 선뵌 곳은 1980년『중앙일보』신춘문예였다. 그때 심사를 맡았던 황동규 시인이 서둘러 표사를 주셨다. 그 무렵 시인은 싱싱한 마흔 객이었다. 그때부터 마흔네 해를 건넜다. 여든 마당. 시의 역정 또한 기억 너머에서 아득하다. 풀이는 이숭원 교수가 맡아 주었다. 같은 1980년대 세대로서 오랜 세월 한 하늘을 누려왔던 현장 비평가가 이 교수다.

나는 대학 국문학과에서 문학을 가르치고 시 창작을 겸해 왔다. 생계 노동과 문화 취향이 같다. 역량이 모자람에도 다복한 삶길을 걸어온 셈이다. 그러나 충실하고도 충

분한 창작 열정을 쏟은 쪽은 아니다. 무엇보다 마흔네 해 활동 기간 낸 시집이 일곱 권에 머문 일이 그 점을 말해 준다. 남은 삶자리에서는 더 뜻 있는 시, 필요한 시, 오롯한 내 시를 쓰기 위해 마구 긴장할 수 있기 바란다.

이제 시선집이라는 매듭을 지나 다음 길로 뚜벅뚜벅 걸어갈 것이다. 아는 이 모르는 이 없이 오랜 세월 많은 분이 고맙게도 자신의 시집이며 문학 책을 보내 주었다. 일일이 답장하지 못했다. 내 시를 읽든 읽지 않든, 챙기지 못한 그런 분들에게 이 한 권이 뒤늦은 인사로 닿기 바란다. 사람 나이 일흔에 신끈을 다시 묶는다. 더 힘을 내야 하리라.

2024년 봄

박태일

차례

가을 악견산 75

약쑥 개쑥 123

풀나라 175

달래는 몽골 말로 바다

233

옥비의 달 291

연변 나그네 연길 안까이

349

그리운 주막

구천동

　사람들은 혼자 아름다운 여울, 흐르다 흐르다 힘이 다하면 바위귀에 하얗게 어깨를 털어버린다. 새도 날지 않고 너도 찾지 않는 여울 가에서 며칠째 잠이나 잤다. 두려울 땐 잠 근처까지 밀려갔다 밀려오곤 했다. 그림자를 턱까지 끌어당기며 오리목마저 숲으로 돌아누운 저녁, 바람의 눈썹에 매달리어 숨었다. 울었다. 구천동 모르게 숨어 울었다.

바람 수업

바람에 밀리어 다치는 슬픔은 싫어.

남의 나라 남의 땅 발붙여 선 자리가 문득 이방임을 느낄 때도

참아라 곱게 참아라 가슴에서 달이 되고 해가 되고 별이 되도록 잊고 잊으라고 조약돌을 날려보지만

나도 없고 너도 없고 고개 들어 부를 아름다운 이름도 없는 성년의 첫 학년

조용히 다쳐 돌아간 내 아이는 어디서 비를 긋고 있을까.

어쩌면 꿈 어쩌면 흰 배갯잇을 가슴에 묻고 잠드는 아이는 여태 쓸쓸해할까.

만났다가 헤어지고 그냥 돌아서 갈대를 쓸어넘기며

성성한 가을비의 며칠이 지난 뒤

내 말 못하는 아이의 행려를 눈물날 듯 눈물날

듯 아슬하게 놓치며 청년의 한 시절은 고요히 물길
을 따른다.

미성년의 강

산과 산이 맞대어
가슴 비집고 애무하는 가쟁이 사이로 강이 흐
른다.
온 세상의 하늬 쌓이듯 눕는 곤곤한
곤곤한 혼탁.

멀어져 나가는 구름모양
한없는 나울을 깔면서
대안의 호야불을 찾아나서는 물길.
물 위로 물이 흐르듯 얼굴을 가리며
무엇이 우리의 슬픔을 데려왔다 데려가는가.

열목어 열목어는 온통 강물에 열을 풀고
무수히 잘게 말하는 모래의 등덜미로
우리의 사랑이란 운명이란
말할 수 없는 슬픔이란 그런 그런 심연을 이루어

인간의 아이들처럼 아름다운 깊이로 출렁이면서
강을 흐르는 사계의 강.

산과 들이 한가지 모습으로
무덤을 이루어 있는 강안에 서면
귀밑머리 달도록 예쁜 지평선은
우리 버려진 나이를 위한 설정이다.

아, 하면 아, 하는 하늘
오, 하면 오, 하는 산
많이 추위와 살 비비는
손과 손의 가장 곱게 펴진 그림자 위에
한 방울 눈물을 올려놓고
이승은 온통 꽃이파리 하나에 실려가고
다시는 그림자 하나 세상에 내리지 않는다.

하늘로 트이는가, 혈맥
태를 감는가, 산악
손 벌려 앉아 우리는 끝내 무엇이 되고 싶은 것

일까.

　강은 순례,

　눈들면 사라지는 먼먼 마을의 어두움도 따라나
선다.

　길 잘못 든 한 아이의 발소리도 들리고,

　산이 버린 산

　사람이 버린 사람의 백골이 거품을 게워내는 것
도 보인다.

　죽음이란 온갖 낮은 죽음과 만나

　저들을 갈대로 서 있게 한다.

　실한 발목에 구름도 이제

　묵념처럼 하얗게 죽는다.

　돌아다보고 옆눈 주는 어두움

　그 흔적 없다는 이름의 길을 따라

　꽃을 배뼈슬은

　내 기억은 여기에서 끝난다, 강이여.

산과 들이 한가지 모습으로
무덤을 이루어 있는 강안에 서면
우주의 능선에 달이 뜨고
까칠한 욕망의 투구를 흔들면서
나는 빛나는 스물의 갈대밭, 또는.

축산항 1

아침 기상

이쪽 바닥은 조용하고

저쪽 바닥은 따스하고

푸른 한켠으로 놓이는 축산항.

머리채 단단한 여자들의 아침이 온다.

이대로 한 마리 날치나 되어 마른 바다로 나갈까.

파도는 밀리다가

더 이상 밀리지 않는 자리에서 갈매기를 날리고

우수 뒤 며칠, 배들의 잔잔한 정박 너머로

팽팽히 당겼다 놓치는 수평선.

세월 없는 사내들은 판장으로 나와

멀리 축산항 여자들의 싱싱한 뒷물을 엿본다.

축산항 2

12월

눈이 내리고 거덜난 사내처럼
건성의 눈바람이 불다 간다.
발목이 빠진 채 논두렁을 걸으면
날으는 칼새, 지친 내 한 마리.
어군을 쫓는 거룻배들은 밤도와 북으로 흘러가도
빛나는 것은 집어등만이 아니다.
그리움처럼 애매하게 부딪치는 이물과 고물.
지나치는 타인의 창마다
밝은 밤은 두껍게 성에를 키운다, 완강하다
그리 알고 자거라.
포구의 밤은 재빨리 오고
등대 불빛만 검바다 전역을 덮는다.

축산항 3

신기동

그리고 눈이 내렸다.
내렸다간 녹고 녹는 언저리
어딘가 환한 함정이 기다리는 밤에
너무 멀었다, 집도 축항도
기댈 곳 없는 흔들림이 너무 가까웠다.
캄캄하게 코 막고 웅크린 어로의 불빛
나는 두 시에 깨고 세 시에 잠 깨어
바다를 엿보러 다녔다.
가난한 세간 다 뒤집어놓고
꺼이꺼이 목메이는 사내의 파산을
아찔하게 놓치며 다녔다.

그리운 주막 1

산그늘 하나 따라잡지 못하는 걸음이

느릿느릿 다가서는 거기,

주막 가까운 북망에 닿아라.

동으로 머리 누이고 한 길 깊이로 다져지는 그대

도래솔 성긴 뿌리가 새음을 가리고

나직한 물소리 고막을 채워 흐른다.

입 안 가득 머금은 어둠은 차마 눌 주랴.

마른 명주 만장 동이고 비틀비틀 찾아가거니

흐린 잔술에 깨꽃 더미처럼 흔들리는 백두.

그대의 하관을 엿보는 마음이

울음을 따라 지칠 때,

고추짱아 고추짱아 한 마리 헤젓는 가을 하늘

저 끝.

문림리

1

맑은 날의 하늘과 푸른 언덕 가까이 한번의 사랑
으로 잃어버린 마음이 그리워 하루 내내 하루 내내
물매암 도는 소금쟁이의 동리가 있다.

2

감꽃이 노랗게 굴렀다. 어느 해 봄 읍내 가는 한
길 땅고개를 넘고 대야성 아래터까지 따른 할아버
지 꽃상여. 늙은 검둥이 목에 얼굴을 묻고 돌아온
뒤 나는 하늘 천, 따 지, 가물 현, 누루 황을 외우지
않아도 되었고 봉창 뒤 댓닢이 그해 겨울까지 무시
로 흔들리며 천자문을 마저 외웠다.

3

날며 깃들이며 눈 가득 물그림자 적시는 논병아
리 떼. 연일 비가 내려 강가로 나가지 못하는 날은

대청마루에 앉아 살대 같이 흔들리는 빗줄기 사이
로 까만 수박씨를 뱉었다. 세간이 떠내려오고 초가
가 떠내려오고 다음날 발가숭이 동무를 굽이진 물
밑에 거꾸로 잠재운 뒤 나는 강으로 나가는 푸른 방
천길을 영 잊었다.

의령댁

1

영감 재운 뒤 아들 보내고
난리통 쌕쌕이 소리 잠만 회쳤지.
당산마루 돌배남개 앉은 풀꾹이
니 잠 내가 말렸나, 봉창 걷고
가슴팍 헤친 채 깎는 회리밤.

2

일손 매운 우리 영감 누운 등성이
썩벼럭 뒤집고도 오진 잠덧에
고개 너머 읍내 장길 누가 모를까.
간조기 한 손으로 찾은 입맛을
적삼 물고 앉아서 홀로 버렸네.

3

어쩌노, 밍가벌 바람 많아서

한 뼘 내 얼굴에 기미 앉았나.
타관 방천은 독한 메밀꽃
말웅덩이 무성한 붕어마름에
검은 빛 반딧돌만 흘리고 왔지.

4
겨우내 물 따라 개벼리 가면
물밑 자갈이 물소리 끌어들여
자랑 많은 내 염불 골라 주더니
신새벽 마음 공양 잘도 훔쳐서
저 홀로 피어나는 물가 물아제비.

다시 제내리

1

천천히 천천히 나가서는 돌아오리.
전날 아침에 나가서 오지 않는 사람
그 한때 애 많아 홀로 지내고
다시 홀로인 등성.

2

날파리 쇠파리 똥구덕에 날려놓고
찔레꽃 그늘엔 짙은 구렁이
아홉 날 아홉 밤을 그 그늘에 조는 물길.

3

잠보다 잠을 보고 있는 나를 죽이고
울기보다 우는 모습을 더욱 죽이고
가다가 오고 갔다가 오고
쓰러지고 캄캄하게 눈썹을 태워버리고.

4

어느 날은 강 밖으로 도는 물줄기

까치집 구름 위의 구름 건지기

백양목 한 가지로 기운 노령.

연산동의 달 1

어능화

    머리를 다치면 기우뚱거린다 분가한 자식들이 기우뚱거리고 손자의 유치원이 기우뚱거린다 어머니 집에 남아 마른 발톱 씹으시고 오월부터 칠월까지 어능화 몇 송이로 쪼그려앉은 슬픔.

연산동의 달 2
아내

아내는 밤늦게 순정 영화를 보고 다섯 해인가 여
섯 해 앞 첫 월급 타 사다 준 산호 반지로 아들의 발
바닥 문질러 웃음을 가르치면서 대보름 아침 콩나
물 다듬는 아내는

이불장 위 뽀얗게 내려앉은 먼지에다
일요일
아버지 어머니라 조용히 적는
환한 손등.

겨울 보행

1

차운 겨울날도 많이 저물어
입술에 체온계를 문 누이도 잠이 들면
눈이 내려서 오늘밤에는 시각을 다치고
곰곰이 생각하는 청년의 감정 위로 박히는
하얀 발자국.

2

바람이 파도를 게우는 기슭까지
어둠은 홀로 감당한다.
서쪽으로는 아무도 돌아보지 말아라.
나는 목젖 아래 어둠을 가두고 뛰었다.
뛰다가 뛰다가 다 잠든 풀밭에다 쏟았다.
시작되고 멈추는 일들이 밤내
머리 위에서 어지러운 은하의 길을 막았다.

3

밤마다 수은주는 빨간 입술을 빨며

무슨 추운 나라의 동화를 생각하는데

내 마음은 여리고 여려서 큰일은 못 할 거라고

상심하고 있는 소년의 털장갑이 창턱에 놓인다.

4

겨울 미명에 비 내린다.

사람의 헛되고 헛됨을 잊어버리는 낙수.

안개가 시방의 울을 쳐

희디흰 백야의 꿈을 생각케 하고

괴롬도 외롬도 남의 것만 같은 나날이

비의 활엽수 곁으로 나를 데리고 간다.

5

사람들은 천천히 또는 빠른 걸음으로 지나간다.

가만히 창 열어보노라면

어둠으로 밀려나는 들대 위 빈 달이 솟고

영사막 같이 축소되는 세상의 바깥,

그림자를 지운 사람들만 지나가고 지나가고 지나
간다.

가락기 1

안골포 왜성

바다가 밀려왔다.
사람들이 만든 길
바다가 밀리는 곳에서부터 술래가 되고 싶은
아낙들은 하나둘 갯가로 나왔다.
바다가 밀려와서
계집 하나 회임하기를
눈 푸르고 키 큰 계집,
안골포 아낙들은 서둘러 불을 껐고
일없이 잔을 비우며 마을 사내들은
어린 딸의 울음 소리를 들었다.

가락기 4

양동리 고분

한여름 모기들이 퇴각한 동리길로

하나둘 돌아왔다

바다로 나간 사람

소를 몰고 떠났던 사람

삼십 리 고갯길이 어두워지면서

집들은 바다 쪽 봉창을 닫았다.

양동리 저녁은 쉽게 내려서

사람들 길은 어둡고

숨죽이며 채이는 우물, 공동 우물가로

호기심 많은 아이들이 모여들 때

산중턱에서 수런거리는 사내들이 보였다.

목이 긴 사내 볼이 좁은

짚신의 사내 귀가 달아난

먼 전장에서 돌아온 사내들이

양동리 밤을 지켜보고 있었다.

그립고 그리운 이름은 바다였다,

잠 없는 아이들이 숨어 보는.

가락기 7

만어사 돌무지

바다에서 건너오는 구름에는
비가 묻어 있었다.
만어산 앞자락에 비를 내리는 구름
신녀 만덕의 손등이 다 젖었다.
시든 익모초를 금방금방 토하면서
매일 저녁 등을 켜는 그미 일을
조바심하며 엿보았다.
비에 젖은 손은 희고
더욱 비가 내리면 하얗게 죽으리라.
죽어서도 등을 밝히리라.
만어사 여름 한철 비는
신녀 만덕의 발등을 덮고
저녁끼의 돌무지로
홀로인 강을 몰고 간다.

가락기 8

가덕도

섬들이 흩어져 비를 피했다.

방풍림의 낮은 키 너머

남도식 발성으로 뒤집혔다 되짚어가는 파도

사내들은 배를 띄워 먼 바닥으로 떠나고

사내가 빈 마을, 갯가 마을에는

바다가 쳐들어와 오래 머물다 갔다.

허기가 지면 푸른 허기

뭍으로 나가는 산길에는

슬픈 여자들의 치마끈이 마구 밟혔다.

월동집

1

해와 달이 바뀌고

바뀌는 옆으로

많은 일 그 가운데 아름다운

숲의 여행을 바라보는 일생.

2

길 하나 저 이끌어

많이도 흘렀다 하겠네

눈물 조금 사랑 조금

세월 조금씩

내 아내 사립 닫고 저녁 물릴 때

저문 밖으로 헛되어 떠돌아

가슴 안 차오르던 겨울 가래톳.

3

소리개 날아

산으로 가는 길

나무들이 하얗게 이를 앓는다

구름 한 점 재우지 못하는 산등

수수리 소리소리 입에 눈발을 묻히고

죽여 죽여봐라고 달려오는

노간주 횡렬.

4

눈 많은 날에는

눈 되어 떠돈다

고만고만한 슬픔에 익숙한

눈먼 아이들

무덤 몇 더 올라가면

낮은 솔들이

그들 어깨를 껴안고 있다.

5

나무들은 발바닥에 소리를 숨기고

지나는 것들의 이름을 적어둔다
외로움에만 안개가 끼는 것일까
숲 하나 천천히 몸을 지울 때
보이지 않는 얼굴이 있다 꿈인가 꿈인가
언덕 너머 농막엔
떠난 아우가 발바닥 핥으며 밤을 넘긴다.

6

내 한 나무의 아비가 되어
나무 없는 어느 땅에 서서 보면
서 있는 것은 아름답다
아름답다고 말한다
손톱 찢어 흐린 물에 이름자나 쓰고
떼구름
밝은 한 점 마지막으로 쳐다보면서.

7

노을 붉은 날에는 긴 잠이 온다
눈썹에 내리는

맑은 시장기

도시 가까운 불빛은 도시를 넘겨본다

손바닥으로 잡아내는 덤받이 서캐

닥나무 울타리가 흔들리면

톡톡 손마디 꺾는다.

8

떠밀린 가지 너더댓

다른 가지에 기대어

몸을 말린다

거룻배가 들어올리는 강둑

발치로 산 하나 다시 넘기며

내 아내와 자식들

배경으로 날아가는 기러기.

9

바람이 불던가

하늘을 환칠했던가 때로

네 메아리

수몰의 몸짓을 흉내내고
길이 얼었다 녹는 며칠
차라리 소리를 죽이는 작은 처마
창 하나 가리기에 목이 마르다.

10

내 아들의 미래가 출렁거린다
가까운 것은 슬픔이거나 절제 없는 분노
먼 것은 더 멀어
먼 가장자리에 깔리는 밝은 그림자
더불 수 없는 너와 나 하루가 어두워오면
그림자 이윽고
강이 된다.

11

얼굴 버린 이웃 찾아
새를 날린다
또는 산구릉에 또는
물그늘에

살을 빼앗긴 것들의 차가운 보행

지구 바깥으로 부는

적막한 바람 소리.

12

눈 내리어 저무는 이 풍진 산에 들에

시린 손끝 하늘로 물벅구 넘는

칠백 리 한번은 일어설

낙강.

강포집

1

포플러 강둑을 따라 사는 사람들은

두 시 방향으로 벋어 있는 포플러 강둑

포플러 길로 돌아온다

바람이 잦아 그 길에 놓인 집들은 처마가 낮고

막 끼니를 준비하는 문가로

개들이 짖어댄다

멀리 멀리 흘러가는 강물이라 했지만

개들 등줄기 너머로 흐르는 것은 강이 아니다

인광을 뿜으며 포개지는 이승의 갈피

한낮반 아이들이 몰려나가는

두 시 방향에서 세 시 방향으로

저녁볕 기러기가 강을 덮친다.

2

나무들 뒤에는 집들이 집들 뒤에는

낮은 언덕이 언덕을 따르는 양조장 굴뚝이

벋어 있다 나무들 뒤에는 하늘이

끼리끼리 모여 사는 사람들 끼리끼리

화투패를 돌리고 개를 잡고

일없이 돌 날려 장독을 깨는

이빨 모지라진 아이들의 구름 따먹기.

3

키 큰 전봇대 귀를 대고 윙윙

윙윙 산 너머 소리를 훔치던 아이는 자라

어른이 되고

분교 앞뜰엔 바람이 돌아와

떫은 탱자꽃잎 날리는 한낮

때묻은 분필을 하얗게 갈아마시며

선 채로 시들지 않는 분꽃 몇 송이.

4

그리운 날 그리움 많을 때

홀로 간 사람 그리움 많을 때

들마꽃 독한 내음에 취한 불빛

따라 걷는다

풀잎 나직이 발을 덮어서

자고 나면 그뿐인 여자 같은가

물밑 고인 약돌엔 구름 그대로

그대로 살없이 박힌 새가슴 여자.

5

빗소리 귀로 들어

귀로 나간다

거랑을 타고 오르는 요령 소리

세 마디만 손수건에 찍어둔다

잔걸음에 메 찬 이삭들 넘어뜨리며 다시

밟아 준다 꼭꼭 손을 들어

흔들어 준다

초가 몇 채 바람막이로 나부끼는

들녘에 상여 떠난다.

6

눈감아 허락하던 너는 가고

포플러 들대 흐드러진 쇠별꽃 더미

낫을 든 아이들은 강가로 나와

밀려오는 물살을 가르고

그 물살에 밀려 다시 방천에 오르면

조용히 팔꿈치를 내보이며 네가 걷던

한길 한 끝으로 집들이 서서

실비를 날리는 은사시 넓은 잎

바람 소리 물소리

물밑 고인 빗소리

네 후생이 환한 맨발로 걸어온다.

7

집에 남아 젓 담는다

꼴뚜기 멸치 새젓

젓동이에 뜨는 기름처럼 말간 얼굴은

뒤뜰 따꽃

쉬는 날은

어디론가 멀리 멀리 가더니

열일곱에 배운 잠버릇도 따꽃
포플러 둑길 아무데서나
등을 깐다.

8
손뼉을 친다 포플러
강둑 위로 날아가는 방패연 보며
방패연 하얗게 묻힐 때까지
하느님 나라에 사는 풀무치도 새금발도
아기 여치도
하늘로 날아다니는 하느님처럼 행복해질 때까지
손뼉을 친다 제여금
그림자 어두워 그림자 버리고
바람 속에 엎드린 채 풀똥 씹는다.

9
빛좋은 콩들은 모두 팔려
해으름엔 손을 턴다
깐 꽁깍진가 안 깐 꽁깍진가 어디

죽데기뿐인 콩대도 연기가 제법이다

마저 태운다 연기 날아가며 다시 탄다

포플러 강둑을 바라보면

빛 좋은 콩들이 팔려가는 행길이 보인다

딴은

숙맥

숙맥인 감자꽃.

10

포플러 강둑에 나가면

버들치 붕어 잠자리는 한 길

손이 좁은 아내는 마른 돌을 골라

상추씨를 뿌리고

강둑 아래로 돌을 굴리며 나는

버들치 ㄱ 붕어 ㄴ 그런 것들의 이름을 불러본다

건너 산그늘 밀려와

강을 따라 도는 저녁에

회유의 먼 고기 떼 다시 풀린다.

영덕 일지

1

봄이 오면 따꽃 피고
한때 난질을 알아 곱던
둑너미 발 좁은 여자
생각난다.

2

이 강산 남아서
하도 많은 꽃
낙명하는 아침엔
붉은 진달래.

3

꽃밭에 가다.
흰 꽃 붉은 꽃, 슬픔을 묶어두는 칸나의 뿌리.
바람 불면 다 뛰쳐나오는 꽃들인 너희

향내가 사방으로 퍼지다.

꽃밭에 가서 꽃밭에 가서 그 향내에 쓰러지다.

4

사람이 갖는 저 하나 깊이는 직장直腸이다.

저녁 7시

평상에 앉으면

머구잎 푸른 속에 빗소리 간다.

5

밑도끝도없이 내리는 비는

한 사내의 성까지 건드려놓고

종일 생각하는 풀밭길을 지우고 있다.

너도 살고 싶으냐, 가만히 등 두드리며

세상을 미고 밀어내는 힘.

6

너희 사랑을 이야기하라면

온통 달아오르는 상반신

맨드라미의 가을.

7

그리움이 사람을 못쓰게 만든다.
달산 높은 길
사랑은 작은 번민의 새새끼들을 길러서
시도 때도 없이 넓은 산하에 휘두루 날린다.

8

세월 흐른다, 세월이 물 같이 흐른다며
물밑으로 뛰어다니는 아이들 발소리 들린다.
겨울에는 차마 눈 내리고 더욱 몸 숙여
궁상 궁상 내 발을 고의로 밟고 지나간다.

9

슬로 비디오 흐린 자막 밖으로 싸락눈 내린다.
끌려가고 다 끌려가버린 불빛의 근시안
성에나 녹이는 입덧이 밤새워 또 부질없다.

투망

기다려도 오지 않는다, 강에는

누울 자리가 많아 생각이 잦고

아들 자랑 손자 자랑 어쩌자고 키만 자라는 갈대

밭 어귀

키운 자식 모래무지처럼 물밑에 묻고 난 아비가

하릴없이 그물코 사이로 물비늘을 뜬다.

오십천곡 1

1

울고 섰는 아이를 나는 보았네.

울며 가는 아이를 나는 보았네.

선바람 하늬바람 소슬한 들녘

그리운 그리운 일들 다 가질 수 없는 나이가 되면

그냥 하얗게 죽어버릴 거라고

더디며 걷는 아이를 나는 보았네.

2

바람이 바람을 따라간다.

구름 스미는 늘 물길 백 리

더 이상 빼앗기지 않으려는

청맹의 한 사내가 배를 젓는다.

바보 바보, 반편으로 서 있는 수양버들아.

물 마르는 오십천 한 굽일 놓치다.

3

마른 강바닥을 걸어서
얕은 물멱의 아이들을 지나서
간다 간다 새서방 따라
짚세기 다 닳아 허리 아프게
섧기도 섧었다, 살의 일은 다 버려서
지화자 봄신명에 메나리 장단.

4

누가 이 하늘을 밟아가며 노래 부른다.
한 삼동 그는 설마 죽음일까.
싸르륵거리며 바람이 도는 강안에는
온통 잠든 이름들로 가득하고
되돌아 보기, 되돌아 부르기의 흰 눈발이
갈대의 한 동리를 넘어뜨리며 간다.

5

이 물길 깊이를 아는 이 손뼉을 쳐라.
이 물길 너비를 아는 이 발을 굴러라.

돌아보아 가는 이

먼 옷자락

어여동동 어여동동 설움이 매워

한 입에 대진 모래벌 십 리를 뱉다.

적소에서

아내의 손에 이끌려

네가 머문 마을에는 비가 잦고

배고픈 놀이처럼 네 아이들이

논둑을 따라 집을 나서고 나서고 하는 것이 눈에 들

었다

마지막 이름을 묻기는 쉬운 노릇이라며

너는 우산을 펴 이마를 가렸지만

저녁 빗줄기는 무너지는 끝이었다 추운 시절

추운 일 많아 잠방거리는 방개처럼 홀로 깊어서

적소의 풀밭에 너는 눕고

꺼진 배를 안고 네 아내는 불을 지폈다

어둡고 어두운 데까지

네 눈물을 데웠다.

백석리

1

낮은 담벼랑 따라가다 만나는 바다
어찔어찔 어지럼증 많아 머무는 동리
가슴 진 곳에서 들리는 꽹과리 꽹과리 소리하며
열두 굽이 후린 물바닥하며
다 열어젖힌 왠 잡년의 노래하며
콩비지 맷돌 돌리듯
내 곰보 자죽 위로 얼리는 백석리.

2

누이의 기침 소리가
삽짝 너머로 새어나오는 저녁에는
일없이 서성거려 오래 머물렀다.
누이의 남자가
바다 밖에서 부르는 휘파람
그이 어둠만 방파제 근처를 떠돌았다.

바다가 밀려오면 빗장을 거는 누이
파도의 흔들림을 흉내내는
가쁜 몸짓의 날들이 바닷가 곰솔을 키우고
누이의 저녁에
구름 몇 점을 띄웠다.

3
차가운 귓밥을 만지면
등줄기를 스치는 외로움
바다로 가는 길은 자꾸 비어서
겨울초 무성한 밭가에 머물렀다.
바람은 기웃기웃 남으로 흐르고
바라보는 바다의 몇 시간
가슴 가까이서 쓰러지는 마을
파도가 밀려와 집들의 대문을 지웠다.

4
바다가 누워 있는 곳으로
기어가서 그 옆에 누웠다.

바다의 속살 깊이 발을 담그고
어둠을 쓸어모을 때
어떤 울음 소리가 들렸다.
눈물을 보이지 않는 얼굴
바다 깊숙한 곳은 적막이었다.
바다가 뒤척일 때마다
적막한 담배 연기를 뿜었다.

공일

밝은 앞자리가 비었다.
의자를 당겨 앉는 그림자가 고개를 꺾었다.
이쪽에서 저쪽까지 바람은
안 보이는 끝의 더 너머 철둑까지 건너다니고
잠은 너 없는 곳에서 내 길이다.
길은 어지럽게 굽이를 틀어 어딘가
네 환한 웃음이 등꽃 되어 얽힌다.

선동 저수지

죽지사 3

선동은 푸른 동리
버들숲 푸른 물가로 물방개 빙빙 돌고
찔레꽃 골담초 사래 아래
고령박가 내 사촌들 발을 씻는 곳
발을 씻다 흘러가는 닭털을 건지고 우는
두 돌바기 조카 저수지 안기슭에 지붕 올린
고모 작은아버지 볼우물 이쁜 작은엄마
선동 오르는 길 올랐다 물줄기로 떠돌면
이제는 고인 물 하얗게 물때 낀 사금파리
길을 이루어 물자새 새끼들 물가로 오르고
방기당기 물수제비 잠기는 사이사이
강갈매기 발 접어 하늘 건너
어디로 가나 고여 지새는 일가
이냥 작아지는 무덤으로 차례 누워
베롱나무 베롱꽃 흩는 버릇을 어쩔까
아버지 마시던 물을 아들이 마시고

그 물에 고인 할아버질 손자가 찰방이는 바닥
날갯짓 요란하게 솟는 까마귀 한 마리
한낮 내 선동 물가에 가서
꿈같이 한 세월이 다시 집안을 이루어
저들의 마을로 돌아가는 것을
점점이 햇살이 찍어내는 물살 뒤로 바라보며
내 아들과 함께 이별한다.

고석규 비

죽지사 6

그대 만나러 가는 길엔 차도 버리고 더 자주 길도 버리며 남의 아내 되어 늙은 그대 아내 딸의 이름도 버리고 간다 장이며 홍이며 아껴하던 김이며 하나 둘 떠나고 그대 황토 한 무덤으로 우러러 침 뱉는 곳 동래천 흐린 바닥까지 때 없이 무성한 풍년초 강아지풀 한 무덤 가까이 가만히 누운 바람을 어쩌지 못할 손끝 전후의 아이들은 어른 되고 아버지 되어 약수를 마시러 골로 들고 그 아이들이 뒤따르는데 이냥 솔숲으로 어두워 가노라면 오는 세월 한 날엔 무덤으로 돌아날 언덕 한 바위 속 꽃 되어 웅크린 그대 만나러 가는 길엔 차도 버리고 더 자주 길도 버리며 허위허위 오르는 뒤로 금정산 한 기슭이 따라와 그대 무덤 곁에 눕는다.

구강포에서

죽지사 9

이제금 바라보노니 사초의 헛됨과 강구의 지리멸렬을 몇 마리 갈매기로 날리며 물 건너 물길을 돌아 아이들이 누울 자리를 마련하고 이랑 골라 씨를 뿌린 연년세세

무리의 즐거움이 대를 물려 세월 모를 한날에도 갈매기 날고 아비는 바다에서 건진 바다를 바다에 돌려주기 위해 그 바닥 가운데 여생을 묶어 돌아오지 않았지만

영주 대마 유구 살아 우리 못다 찾을 물길 따라 먼데 어화는 다시 한 떼의 왜구를 길러 봉우리마다 봉화가 오르고 푸른 정어리를 씹으며 이제는 산 사람과 죽은 사람이 나란히 젯밥을 받는데

이 세월 가고 난 뒤 한세월 밀려온다면 삶이 기른 매 떼가 마을을 돌고 아이들은 몰려와 흙을 파며 놀 것인가 계집들 눕히고 다시 우리 놀아볼 것인가

이제금 바라보노니 구강포 오름에 가득한 달빛 달빛.

구형왕에게

죽지사 10

    안녕하신지 여쭙습니다 가락 기원 사백 년 당신
의 귀밑머리 모래바람 불고 낙강 깊숙이 말을 몰아
그리운 산과 들을 세웠지만 안강하신지 여쭙습니다
집과 집짐승들은 화왕산 높은 벼랑에서 굴러떨어지
는 돌에 가슴을 다치고 안개 솟는 그 새숲에서 다시
며칠을 보낸 뒤 당신이 뿌린 말의 피와 고기로 삶을
모의하던 목마 성채 잣나무 가지들은 무고한지요
기러기 따라 건너온 영주 먼 들에서 북창을 열어두
고 편지 올립니다 저 여기 남아 새로 아이들을 가르
치고 그릇을 굽겠습니다 다시 책력을 엮어 고기를
잡고 말리겠습니다 틈나면 뵈러 가겠습니다 시혹
제 죽은 뒤라도 제 자식들이 아들을 길러 당신의 여
자를 취하고 자식을 낳아 손손으로 끊이지 않는 인
연을 이루겠습니다 안녕히 계시길 빌어드립니다.

잠자는 마을

1

손 시린 아이들이 몰려든다.
산등성이 덕대에
횟가루 묻히고 누운 아이들
일찍 잠든 마을이 잠투정으로 뒤척일 때
낮은 아궁이를 빠져나오는
관솔의 실한 불티.
삭정이 사이로 걸린 밤하늘 어디쯤에
더 깜깜한 풀숲이 있어
아이들의 자취를 훔쳐 간다.

2

얼어버린 강 한쪽
장갑은 벗고
버드나무 밑동에다 소피를 본다.
한일자로 드러누워

강을 넘겨보는 강마을.
봄이 쉽사리 올 것 같지 않아
마을의 개들은 배추밭을 가로질러
배추 뿌리를 파낸다.
얼어버린 강 한쪽
깨지는 소리.

3
잠들라 한껏, 내 모르는 잠
발바닥 가까이 풍년초 말리면서
물꼬에 고인 아버지
어머니의 만년이 물마름 되어 흔들린다.
아버지의 아버지
어머니의 푸른 물마름
솟다가 자지러지는 그 곁에서
내 잠은 깊고 어둡다.

4
빈 들로 시리게 배어오는

멧밭의 바람 소리

밤이었고

불빛은 그미 뒷면을 비추었다.

어둠 속에 눈발을 받으며

고요히 스며드는 오한

강물 한 줄기 꼬리를 저었다.

겨울이었고

밤 깊은 두 시였다.

가을 악견산

경주길

경주길 삼십 리
더는 볼 데 없을 때
일오내서 절골로 누런 동부꽃
호리리 휘파람도 귀에 설어서
목언저리 환한
안산 두어셋.

가을 악견산

악견산이 슬금슬금 내려온다

웃옷을 어깨 얹고 단추 고름 반쯤 풀고

사람 드문 벼랑길로 걸어 내린다

악견산 붉은 이마 설핏 가린 해

악견산 등줄기로 돋는 땀냄새

밤나무 밤 많은 가지 툭 치면서 툭

어이 여기 밤나무 밤송이도 있군 중얼거린다

악견산은 어디 죄 저지른 아이처럼 소리없이

논둑 따라 나락더미 사이로

흘러 안들 가는 냇물 힐금힐금 돌아보며

악견산 노란 몸집이 기우뚱 한 번

두 번 돌밭을 건너뛴다 음구월

시월도 나흘 더 넘겨서

악견산이 슬금슬금 마을로 들어서면

네모 굽다리밥상에는 속 좋은 무우가 채로 오르고

건조실에 채곡 채인 담배잎

외양간 습한 볏짚 물고 들쥐들 발발 기는

남밭 나무새 고랑으로 감잎도 덮이고

덜미 잡힌 송아지 같이 나는 눈만 껌벅거리며

자주 삽짝 나서 들 너머 자갈밭 지나

검게 마른 토끼똥 망개 붉은 열매를 찾아내고

약이 될까 밥이 될까 생각하면서

악견산 빈 산 그림자를 밟아가다 후두둑

산이 날개 터는 소리에

놀라 논을 질러뛴다.

거창 노래

1

찔레 푸른 논둑길로

실처럼 풀리는 빗발 먼 쪽

부옇게 가라앉은 옛 가야 적 똥뫼

까까머리 까마중을 혀로 씹는다 톡톡

몇 개 전봇대가 마을을 끌고

빗발 사이로 건너온다.

2

배꼽 없는 가지들도

포들포들 익고 있다.

오도산 아랫담

저녁눈 어두운 닭들이

기우뚱 기우뚱 홰 찾을 동안

자주감자 한 사발 수제비를 비우고

타작마당 널마당

모깃불 밟으며.

3
달빛 능선 저 너머
작은 마을이 있고 집이 있고
감나무 그늘 짙은 우물마당이 있고
찹쌀풀 자진자진 가죽자반 말리는 어머니 있어
외가집 외할머니 얘기 듣는 발가쟁이 맨발 딸 아
들 둘.

4
참새며 제비며 강남제비며
달빛 속 환한 고분돌이

돼지울 지나 배밭
손에 놓인 자식들 옷가지처럼
잠들어 마주 널린
돌담 솔가리
저녁 거미 묶어 주는 동남쪽 십 리.

당 동 당 채를 잡자
구름도 밀자.

5
돌에 돌이 부딪쳐 불을 이루고
그 불에 다쳐 파란
돈냉이 비름 비비추 언덕
거창도 가조 들 보리밭 매운 흙 속
싸륵싸륵 총검이 녹스는 소리
한 시대가 무장 푸는 소리.

구만리

고욤나무 숲 뒤로 걸음 몰아서 고욤나무 너른 잎 잎 발바닥 재며 쉬어 오르리 해가 식는 마을 누런 등 강아지가 아이를 재우고 민머리 아우들이 돌려 담배를 무는 곳

어른들 일 따라 노래가 많아 아궁이 깊이 묻어둔 골바람 구름 새 부지깽이 톡 치면 뻐꾸기 날고 그 뒷메 소 요령소리 미영꽃 풋다래 달게 빠는 조카들

쉬어 오르리 저녁 마실 고모들이 일찍 상을 물리고 모르는 이야기로 내내 실밥 다듬는 저녁 고욤나무 숲 뒤로 걸음 몰아서 연지분 때때구름 빗장 지른 구만리.

합천 노래

1

갈가목 할머니 눈 밝으셔
뒤란 까치밥도 보아냈지만
옳은 묘자리 한 곳 못 보셨어
연이야 명주 실패
한 꾸리 다 풀어도 양이 안 차신지
개금밭 깡충깡충 한길로 서면
작년에도 오지 않던 박새 한 마리
분탕쳐 물알로 훑는 인동꽃.

2

무덤실 방둑
단발머리 낮달 떴다
살 오른 보리새우 물가로 튀던 저녁
발도 없이 하늘로 호롱불 켜 올라간
안짱다리 일곱

내 동무.

3

피멍 들었제 동복이 아제
쪼그려 앉아 박하잎만 찢게
저수지 못미쳐 목이 죄인 물줄기
타닥타닥 옴개구리도 밟으며
애드럽게 집게칼로
손금이나 다듬게.

4

재실 가는 흙담 위
붉은 감또개
고픈 날 숨어 씹던
짚가리 그늘.

5

매화 높은 봉우리에는 속기 많은 신중과 아들과
그 아들이 지른 된똥에 잠자리 날고

정낭 어귀 들깨밭 삼주 하얀 꽃대궁

그 아들이 뫼등에 누워

갈가지 빠른 뒷걸음이나 놓치면서

매화 높은 봉우리에는 속기 많은 신중과 아들과

화들짝 내외하는 홍시 둘.

유월

더디 넘는

봉산도 재넘이

오라버니 치상길

치마폭에 감겨 젖는 소발굽 요령소리며

사철쑥 덤불 아래

돌귀만 차도

산제비 날아가는 유월도 초사흘.

달무리

집도 절도 님자 없이
한시절 날 생각에 고름을 묶고
고름 묶고 바라보니 눈끝이 땅끝
가랑파 아욱줄기 샛길 터밭 심어 둔 채
어이 하랴 허접시샘 많은 내 이 몸
시앗살림 딴살림도 혼자 삭이고
흰조시 노랑조시 서로 나뉜 듯
고파 누운 오누이 발을 씻기며
함양 길 다시 가도 못내 모를 길
산이나 품어 살면 소출 늘지만
설움을 품어 사니 주름만 늘어
이냥 살림 장물 졸 듯 애만 타는데
가소 가소 구름 밖에 산제비 따라
장아찐 양 묻혀 사는 내 이 심사에
바람 밖에 바람인지 소리만 헤퍼
여물 쑤고 동정 마르니 입만 아프지

이불 깔고 산울 서니 길만 어둡지

　　　한숨 돌리고

도리깨 툭탁 도리깨 툭탁 저물 때까지

한세월 보낸 뒤란 노란 골담초

문간에 대추남개 우물 가 도리감

방죽 밖에 추자나무 다리거리 베롱꽃

세월인들 약일까 깨꽃인들 밥일까

시동생 나간 길로 상여가 들고

아주버님 쫓겨간 고랑 장대비 소리

세상 난리 무서워도 사람만 할까

마소 마소 말 마소

죽는 시늉 사는 시늉 그것도 재주

샛서방 본 일 없이 가슴만 울럭

자는 오뉘 등줄기 손을 넣어서

많지도 적지도 않아 스무 해에 두 해

세상 사는 일이라니 묵은 호미날

하제* 기음맬 밭 눈들어 헤면

고간 살림 다 내고도 윤달 넘기던

님자 뚝심처럼 아슴아슴 낮은 달무리

두 숨 돌리고 또 한숨.

* 하제 : 내일

꿈꾸는 선묘

선묘 앉은 귀밑볼 아침이슬 반짝입니다
선묘 앉은 돌부리 패랭이꽃 절로 핍니다
선묘 마음속 간날 한 그리움 섰다 무너지면
선묘 저는 부석 물가 으뜸 빛좋은 곱돌입니다
손을 주셔요 산허리 빗발 들고
젊어 헤픈 님 사랑 무에 쓰나요 손을 주셔요
멈칫멈칫 님 떠나고 고개 돌려 님 떠나고
가릴 수 없는 그 한 자리 그리움
풍기 순흥 흔한 삼밭 삼꽃처럼 붉게 젖을 때
선묘 이제 발바닥으로 님 사랑 느끼며
선묘 이제 목젖으로 님 사랑 참으며
선묘 흘러 남도 바다에 서겠습니다
님 마을 언저리 배고픈 풀꾹새 되어
풀꾹풀꾹 한낮 온밤에 저 그리움 남겨두고
가다가다 밤바다 첫물길을 놓치겠습니다.

저승꽃

　한 숨 돌리고
등구 마천 두류산 길 돌밭도 많아
돌밭마치 붙어 피는 세 치 바위손
지중지중 헛지중 도랑도 타고
마소 마소 한 시름에 등대 애장터
이로 함양 저로 산청
초병에 새끼 치는 초벌레처럼
딴손 놓고 오내린 함양 산청장
할베 할베 상제할베 입도 없는지
무덤 건너 무덤 너머 뫼등만 돋고
먹머구리 우는 여름 모기도 제철
뼈마디에 한시절 시린 풍증에
산을 이고 물에 올라 온 길을 보니
반은 산에 반은 물에 발등이 젖어
환하고 환해라 검은 저승꽃
나고 들고 오르내리는

두류산 안골 밖골 풀린 별빛에

온저녁 마른 울음 목이 막혀서

발끝마다 당겨 덮은 개울물 소리

살도 없고 활도 없이 닫고 달아서

하늘 아래 저승꽃 하늘 우에 별자리

등구 마천 초년 청상 오간 백 리 길

　　한 숨 돌리고 또 한 숨.

저녁에

1

가죽자반 시렁에
무우말려 고방에
할머니싸리비에 썰리는 장독그늘

굴뚝연기 모락모락 섬돌돌아 내릴때
철사줄빨래줄 펑펑 먼 동란이오고
함지박 껄보리한되로 나선 살림
야야 문걸어라

닭은 홰에들고
못쪽에선 개가짖는다.

2

바람불어 소물부석
솔갈비 저녁연기

호박밭 고랑고랑 고추가붉고

강너머 문촌

문촌길벼랑길 누운다복솔

후두둑 어머니손등

옛 빗자국.

너희는 말 많은 자식이 되어

너희는 말 많은 자식이 되어
울산으로 부산으로 떠나고
잘 살아야지 못 먹고 못 입힌 죄로
사십 오십 줄엔 재산인 양 너희를 바랬어도
자식도 자라면 남이라 조심스럽고
어제는 밤실 사돈댁이 보낸 청둥오리 피를 받으며
한 목숨 질긴 사정 요량했다만
무슨 쓰잘 데 있는 일이라고
밤도와 기침까지 잦다

　　몸 성하거라 돈은 정강키 쓰되 베풀 때는
헤푸하거라 누이는 자주 내왕하느냐 큰길 박
의원에서 환 지어 보낸다 술 먹는 일도 사업
인데 몸 보하고 먹도록 해라

그리고.

명지 물끝 1

갈잎이 덮어 놓은 길을 지나옵니다 숨죽은 배추 잎 거적대기 바닥에 닿여 도는 가마우지 인화되지 않는 몇 마리를 북쪽으로 날립니다 물에 물살이 부딪쳐 이루는 작은 그늘에 숭어가 썩고 멀리는 일웅 등 첫물까지 파꽃이 하얗게 피었습니다 이옹벽이 삭고 다시 사람들이 일어서고 하는.

명지 물끝 2

가는 길 방둑 높고 저물어 오는 사람들 바삐 재
는데 작은 돌 주워 다시 물을 향해 서면 비소리 소
리 건너 무데기 물옥잠 이름표처럼 간편하게 떠 있
는 부표 한나절 겹치는 물굽이에 거꾸로 얽힌 갈뿌
리를 씹다 모였다 흩어지는 개개비 잦은 물매질.

명지 물끝 3

후이후이 당집머리 피어 마른 삐삐 하얀 손등을 좇아 돌면 물낯 가득 물휘파람 흩어져 널린 가무락지 해파리 삶이 도마에 올리는 작은 물매기 갯가에는 새로운 아이들이 몰려와 물질을 배우고 어머니 남긴 허벅에 잠시잠시 손을 담귀 밑을 요량하면서 수평선에 밀려온 몇 날 눈발을 혀로 받는다.

명지 물끝 4

바람 불며 가리라 바람 불어 비 그치면 떠나가
리라 마주 떠도는 산과 강을 발바닥으로 지우며 소
리 죽은 물줄기를 따라가리라 둥두둥 아리랑 아리
랑 열두 굽이 참고 넘는 마음 고개 오늘은 멀리 물
을 벗어나는 바람소리 낮게 더 낮게 자갈밭에 물 빠
지는 소리.

명지 물끝 5

　　꼬리 문드러진 준치가 희게 솟다 가라앉았다 장
어발이 통발 멀리 드문드문 갈잎이 되받아 주는 청
둥오리 울음소리 마지막 찌 끝에 몸을 얹고 물가 곤
한 물거품처럼 홀로 밀리면 겨울은 늘 낯선 마을 첫
골목이었다.

명지 물끝 6

　산 하나 산에 떠밀려 와 물밑으로 내려선다 쇠기
러기 꾸룩꾸룩 그 새로 어깨 짚고 따옴표처럼 돌았
다 저녁 물마을 낮은 데 낮은 길은 멀리 빗발로 그
치고 쥐불 식은 잿빛 두렁 태삼아 태삼아 하얀 당파
씹으시며 어머니 날 부르는.

명지 물끝 7

날갯짓 푸른 하늘 꿈꾼다 건너 산자락 재실 낮은
골짝 다시 돌아보며 웃을 때 발 끝에 닿았다 달아나
는 털게 달랑게 차운 손 호호 갈잎 젖히며 스며도
함께 쉴 곳 어디에도 없지 잊어버리자 가슴 가운데
를 지르는 바람 한 끝 물오리 고개 묻은 모래등 멀
리 따로 길을 닦고 터를 이루어 사람들 마을로 가는
모든 지름길을 지워버린다 잊지 말자.

명지 물끝 8

고 김헌준

물 곳곳 마을 곳곳 눈 내린다 포실포실 보스랑눈
아침에 앞서고 뒤서며 빈터마다 가라앉는 모래무덤
하나 둘 어허 넘자 어허 넘어 뭍에서 물로 하늘 밖
으로 내 목젖 마른 자리 발톱을 세워 훌훌이 날아가
는 붉은 물떼새.

피라미가 잡히는지

피라미가 잡히는지 여쭙습니다

피라미는 빛깔 고와 저녁에만 잡히고

사나운 제풀에 몸 던지는 모래고랑

소 몰아오는 조카 뒤에 노을이 곱습니다

아버지 이런 일도 이제 그만입니다

돌이샘 큰 키 느티가 초저녁 별들을 거느리고

어둠 엷은 속까지 흔들어 줍니다 아버지

사는 일 또한 저런가 합니다

땅고개 높은 고개 물길이 된다고

하니 못물에 갇힌 논마지기가 살아날른지 궁금합

니다

밤새 절강공사 중기들은 개웅개웅 마을 앞을 지

나고

그 훤한 불 밑에서 아버지

어제는 읍내 아우가 선산 가까이를 파서

옛무덤을 찾았는지 어째 그릇이나 여럿 꺼낸 모

양입니다

　온전한 똥단지나 가락지를 캐 살림에 보탬이 된
다면

　그 짓도 썩이나 고마운 일입니다

　세상 어딜 파도 무덤 없는 곳 없다지만

　선산 가까이로는 무슨 난리가 그리 흩어져

　돌 굴리고 흙을 뒤집으면 창검이 나오는지 모를
노릇입니다

　아버지 좋은 세상은 어제도 아니었고 오늘도 아
닙니다

　눈에 피눈물 함께 날 때 세상 대명할 거라 말씀
주신 줄 알겠습니다

　자식 키우기 어렵다 어렵다 해도

　그저 제 복인가 합니다

　장롱을 들어내고 방구들 뒤집으면

　콧속까지 매케하던 미금 냄새처럼

　때로 슬픔도 풀썩거려 애를 말립니다

　그런대로 저는 대처에서 여름 겨울로 옷가지나
챙기고

비좁은 차나마 수이 타니 이 또한 복입니다

접장 노릇도 어렵지만은 않습니다

세월도 못된 세월이 되어

해를 걸러 들리던 이 일도 이제 그만입니다

절강공사 끝나고 물이 들기 앞서 한번 더 오겠습
니다

산일은 집안 어른들과 시제길에 다시 의논하겠습
니다

읍내 작은집에 들러

돼지비계 몇 점 준비했습니다 아버지

아직도 황강 물바닥 피라미 뛰고

무당매미만 파랗게 울어제낍니다

막걸리 올립니다

감읍합니다.

주먹밥

부석부석 성에 낀 흙이
논둑으로 흘러내리고 있었다
아이들의 버린 연꼬리와
어른들이 남긴 탄피가 일쑤 차이고
눈에 갇혀 북으로 물러서는 산들
물러서는 산들을 가리키며
마지막 주먹밥을 손에 들면
상여집 가까인 벌써 저녁이었다.

가문거리 노래

골에 그늘 차고 물마다 소리로다 물이 깊어 물
속이라 모래 자갈 한 바재기 다 헤도 손 안이라 시
절은 좋은 시절 높은 장군님 시절이오나 갈 길 몰라
이 사람 안녕 못하오 나라 태평 안녕히 하오 나라
나라 태평이오면 사람 그 살림에 어이 하여 눈물 많
소 산물 게워 앞산은 북악이오 뒷물은 한강수라 덩
더쿵 석양에 소리 있어 덩더쿵 높은 장군님 잡으신
잔은 금잔이요 이 내 잔은 쇠잔인데 금잔 녹여 꽃잎
뜨고 쇠잔 녹여 다리 놓소 다리 위로 오갈 사람 어
버이 자식 서로 거두어 한 오백 년 열 곱이면 나라
새로 세울 게오 밟소 밟소 살아리꽃 피살이 숨살이
꽃 흩어놓고 문밖에 꽃밭이니 가문이 만사성이리니
귀신하고도 도채비 장난 그만 거두고 예쁜 잔 이 잔
으로 한잔 하소사

덩지 덩지.

학문거리 노래

어떤 학문 날아 왔나 어떤 광대 찾아 왔나 양산
이라 양학문 왜관이라 왜학문 큰골 동래에 도방광
대 써울 경성을 들어서니 아무리 사랑해도 지나침
이 없는 학문 우리 학문 왔다 갔다 그냥 가기 서운
하니 일년 삼재 막고 가세 일 곧 이요 이 곧 삼이라
일년 삼재 치져다가 한강수에 풀어놓고 액막이로
놀아보세 적적 자로 놀아보세 탁월적 생경적 참신
적 첨예적 어름어름 놀아보세 싹쓸이 놀아보세 척
박성 열악성 우리성 너거성 성성 자로 놀아보세 가
물가물 놀아보세 놀고 나서 뒤풀이로 부모상 자식
상 열 천 수천수에 수를 빌고 의의 자로 놀아보세
꿈틀꿈틀 놀아보세 의의 성성 화화 적적 학학거려
좋은 일은 식식거려 좋은 일 의의 성성 화화 적적
시주 시주 많이 하소 릴리리 릴리리야 아니 노지 못
하리라

쉬.

남들은 가령영감이라 했다지만

위쪽 비 한나절에 온 마을 진저리 치다 보면 여름 좋은 며칠이 구시통 되어 설익은 수박 줄기 툭툭 걷어내며 그해 농사를 황톳물과 함께 씻었다

가령말이사바른말이지 사람사는일이 제길 제터공들여닦는것아닝가 제길우기면 남에터 짓밟는일되능긴께

가령할아버지 남들은 가령영감이라 했다지만 왜놈 밑에서 살려면 왜놈공부도 한 길이 되느니라고 어린 셋째 멀리 진주로 내보내셨고 돌아와 면서기로 계시던 할아버지 불러 평생 이름 버리고 박 서기라 하셨다는 증조부 밤배움 다니던 고모할머니 머리 땋은 채 묻히신 뒤 그 무덤 아래 당신 무덤 쓸 일 미리 당부하셨다는

가령내밥이사 너희들이두고두고챙길마련
이지만 홀로간저자식 밥상제대로밧것나 가령
내묻혀먼뒷날에도 내밥상챙길때잊지말고 밥
한그륵더얹어다오

취적봉 서쪽 비알 가지가지 베롱꽃만 달을 넘기
는 뫼터 위 비에 패인 처녀죽음 고모할머니 애기무
덤 여름 큰물 들나면 그 비알부터 찾으시던 할머니
따라 내 어린날 아침엔 타박타박한 돼지감자 말밤
생각에 늘 걸음 더뎠다.

어부사시가

어부가 한철을 나니 굴비 한 두름 엮어둘 만하고 선비가 행세할 만하니 어부사시가 한 자락 남길 만도 하여 완도군 보길섬 앞기슭에 숨어 들었더니 거기 시절을 피해 고산이 노닐던 집터가 있고 마소 양병하고 화살을 매며 아끼던 말 두 무릎을 잘라 충성을 보였다는 말무덤 세연정 뜰이 있어 동대 서대 양대로 입술 엷은 여자들은 수시로 뭍에서 실려와 한삼 물고 굴껍지처럼 연명하더니 지국총 지국총 삿치기로 한 점을 두고 지국총 지국총 다섯 순배로 수련을 꺾어 물 속에 환한 세상 마련하였다니 동호 서호 어디를 돌아보아도 세상 돗 달아 지칠 곱다란 명분 없어 내 다시 가만히 둘러보니 어느 해 봄 먼 빛으로 눈발 내리고 마파람 한 차례에 집이며 세간이며 나랏님 계신 북으로 북으로 넘어지고 깨어지고 다시 그 기와 조각이 언덕을 이루었다 하나 세상 어딜 가나 행세할 만한 사람들은 이야기를 만들고 거

기 노래를 붙이고 가락을 고르니 무릇 어부사시가
란 마음과 몸을 아울러 다친 사람들이 부른 노래로
그 가운데 오랜 노래라는 것을 여름 내내 세연정 죽
은 못물에 새끼를 치고 사는 모기 일가가 갓초 갓초
귀띔해 주었다.

사촌 사발은 희다

사촌 사발은 희다 맑다
푸르다 얼음귀처럼
참나무 장작 고른 연기 속에서
사촌 사람들은 잠이 든다
사촌 골짜기 무너진 가마굴 지독 굳은 잿물
깨진 사발 대접 갈라진
사촌 사발은 입이 크다 둥글다
귀가 둥근 사촌 사람들은
굴뚝새 소리 누워서도
논물이 얼었다 녹는 소리 듣는다
남쪽 바람 회야강 바람
마른 서쪽 영취산 바람
사촌 밭둑 이랑 고랑 흩어놓고
채곡채곡 터진 동이 바래기
사촌 사람들 따뜻한 장독자리
바람 재 되어 푸르다 희다

막장 꽃가지 되어

누르다.

그 무슨 력사가 대견했던지

할머니 묻히신 멀리 석광산 성채 한때 말울음 쇠
창 부딪는 소리 높았고 군데군데 참비름 묵은 밭과
졸참 잎새 얼려 좋을 오늘 천 년 묻혔던 널돌 무너
진 막돌 성곽으로 새모래덩굴만 이저리 하늘 짙푸
르게 감아내릴까 궁예니 태봉이니 그 무슨 력사가
대견했던지 책들은 예성지 왕재봉 익은 채 적어두
었지만 무덤 위 무덤 돋고 그 아래 다시 무덤이 줄
을 잇는 세월 어느 이랑엔들 사는 일 대견스럽지 않
았으랴 달 지고 해 지는 사이사이 성채 아래로 옆으
로 길을 닦고 지붕 올려 모둠살이 왕골처럼 무리무
리 널린 철원 옛마을 지금은 새 군대가 들고 지뢰
가 바닥을 다져 이 산 저 골 쇠그물도 거뭇거뭇 피
가 도는데 한번 든 군대 다시 나가지 않는 그런 일
어디에나 흔한 걸 들어오고 나감이 늘스럽다면 아
래 한탄강 물길 같으련만 그 물빛도 누렇게 죽어 위
로 자물자물 뒤돌아 보는데 세상 불러 어지러운 세

상할 때 그 세상 어디까지 가 닿을 이름인지 오늘도
바깥은 난리가 이어져 사람 사는 곳마다 길과 터를
다투는데 해걸이 성못길 돌아내린 물어귀에서 바지
쓱쓱 접어들고 한탄강 얕은 물을 건너다 점백이 열
목어 꺾지에 발을 헛딛고 물 속 피어 도는 하얀 겹
구름 할머니 카랑카랑 묵은 기침소리 듣는다.

진눈깨비

그리고 천천히

계단 아래 구정물이 새로 얼기 위해 모여들 때

때로 택시가 올라와 웅웅직직 더 위 절까지 들어

가고

막돌벼랑 집들이 두 겹 세 겹 겨운 허리 버티며

일 나간 딸들 기다릴 때

큰길에서 이십 분 서동 마을회관 담배집

무더기 무더기 연탄재 밟고 딱지 펴서

비행기를 접어 날릴 때 그리고

어두운 능선 따라 몇몇 장이 서고 걷히고

하는 일들이 그리울 때 천천히

너삼대 서걱이는 소리에 귀를 비비며

숙여 걷던 진눈깨비.

점골

바람재 너머 점골
쇠부리터 옛적 불무질 소리
저녁마다 검은 먼지 생철 수레가 바람재를 넘어
갔다
돌아오지 않았다 첫 아이를 밴 옥녀
귓밥 엷은 남편은 돌아오지 않았다
옥녀, 터밭 구르던 막사발

초겨울 눈발이 드문드문 바람재를 내려설 때
옥녀 가랑잎 밑에서 두근거렸다.

밤꽃

비 속에 서서 도토리묵을 비빈다

너럭바위 물길 따라

밤꽃 해노랗게 떨어지고

여자는 붕어처럼 목이 말라서

고개를 든다 십 리 밖

몸 팔던 장터

일곱 시 막차는 절밑 떠난다

약쑥 개쑥

그리움엔 길이 없어

그리움엔 길이 없어

온 하루 재갈매기 하늘 너비를 재는 날

그대 돌아오라 자란자란

물소리 감고

홀로 주저앉은 둑길 한 끝.

당각시

울며 자며 옛일은 잊었습니다

달빛 자락자락 삼줄 가르는 밤

당각시 겨드랑이 아득한 벼랑

두 낮 손거울엔 제 후생이 죄 담겼나요

해 걸러 보내 주신 참빗 치마 저고리는

어느 때 어느 님 보라시는 뜻인지요

당각시 고깔 위로 오색동동 빗물 번지고

당각시 한 세월에 소지장처럼 마른 가슴

골바람은 돌아돌아 당집 돌담만 허무는지

날밤 아침엔 애장터 여우 기척도 마냥 반가워

앞산 햇살 끝동 좇아 나서면

당각시 토닥토닥 발자국 위로

마른우레 가는 소리

원추리 원추리 핍니다.

묵방은 멀다

묵방길에 물을 만나
묵방 소식 묻다보면
열어붙은 두 무릎 투둑
펴보이는 물
감내라고

요오드는 언제 뿌렸나
나락드락 외길 하나
참숯 마을 저녁을 좇아 오른다.

가덕 복지원

가을볕에 머리 푼 억새가
길을 덮었다 복지원 너른 터
일찍 어른 되어 떠나거나
채 되기 앞서 아이들이 겪었을 어른들의 일
기억 아슴아슴 짐짓 흔들리는 구리종 소리에
설익은 모과만 투둑 떨어지고
탱자 울타리 노란 주먹탱자 흔들어보지만
지난 세월 노랬던 하늘은 어딜 갔는가
돌에 돌을 얹으니 조브장 외길을 가리켜
낱낱으로 쪽쪄 누운 떼무덤 등성이로 이끄는데
사방산지 붉게 퍼지는 저녁 해
쿠궁 쿠궁 포소리 총소리
사십 년도 더 지난 날
피란길 나섰던 연대봉 바람 소리.

김해군 주촌면 내삼 관동댁

저물음에 나앉았습니다
노을 붉어 날씨 예사롭지 않고
구름 저리 한 등성으로 눌러앉았기
눈에 헛밟히는 님자 묻힌 흙자리
낮에는 김해장 혼자 나서서
초가실 말린 고구매 줄거리 다 냈습니다.
요즘 세상 젊은 것들 입 짜른 버릇
어디 태깔 고운 것에나 손이 바쁠까
아적 내내 한자리서 두 모타리 팔았는지
돈이 효자란 말도 등실한 저 자식 자랑
삽짝 밖만 나서도 객지만 같아
삼십 년 익은 저잣거리가 눈에 설다
내일은 삼우제 은하사 공양길 비가 올란지
다리에 심 있을 적 익은 일이라
낮살 절어 잦다 해서 숭질 맙시소
부디.

폐왕을 위하여 1

폐왕은 여름에 떠나 가을에 이르렀다
나라 망가지니 묵정밭 돼지감자만 씨알이 차고
불알 마르는 사내를 위해 아낙들은
자주 돼지감자를 굽는다

힘든 일이다 새삼
나라 이야기 끝자락을 마무리하기란
감실에 묻은 웃대 서책에는 더
기댈 길이 없다 귓밥 긴 내림에
편편한 발바닥이 늘 부끄러웠던 폐왕

동쪽 벌 김해는 한달음 눈앞인데
떠나오던 길에 밤비 산허리를 끊고
얼굴 찧은 딸들이 역사 적는 이를 울렸던가

폐왕 나드는 길 사람들이 돌을 쌓고

너구리 누린 오줌을 갈겨도

어금니 마주쳐 골골 날다람쥐 부르며

붉은 여울돌로 책력을 짐작한다 폐왕

차선책이 원칙임을 알고부터

영 말을 잃어버렸던,

    * 경남 산청 두류산 기슭 왕산에는 김해를 중심으로 번성했던 금
      관가야 마지막 임금 구형왕의 능으로 일러오는 돌무덤이 있다.
      양왕릉이라 불리는 그 속을 들여다본 이는 아직까지 없다.

화악산

산을 열고 들어서니

산*은 없고

가뭇가뭇 눈길 끝

절집 아궁이

뉘 집 홀며느리가 새 공양주로 들었나

솔가리 한 짐

연기 한 줄기.

---

* 화악산은 경남 밀양군, 청도군에 걸쳐 있는 높이 930미터 남짓한
산으로 예부터 밀양의 진산으로 떠받들어 왔다. 산속에는 그리
크잖은 절이 몇 있는데, 신라 때 절 적천사가 그 가운데서도 으뜸
이다.

여항에서

산 겹겹 물 망망 세월 건너온 기러기는 새로이 깃들일 땅을 내려다본다 사람 뼈와 왕모래가 섞여 빛난다 앞다퉈 몰려오던 샛강물 안개도 두근두근 부딪다 물러서는 기스락이다 하얗게 터진 별 부릴 다듬어 주던 갈기구름의 추억도 먹빛 죽지에 묻었는가 백 마리 천 마리 출렁출렁 밑둥을 옮기는 기러기 쇠기러기

옛길에 떠밀려 새길로 나선다 얼부푼 논둑 따라 따뜻한 쥐불자리 쥐불냄새 외우 선 당집 홰나무 비알에서 된바람은 지나온 골골 상처를 핥고 늘비늘비 햇살지기 먼 능선이 금줄처럼 늘어선다 신갈나무 가장이마다 차운 맨살이다 금빛 얼음꽃이 박혔다 타타타타타 타타타타타 어디랴 동서남북

기러기 나라 물마을이 깜박 저문다.

약쑥 개쑥

팔령치 넘어 전라도
전라도 지나 두류산
뜻 높은 절집에 뜻 높은 스님은 없고
뒤듬바리 벅수 짝으로 번을 선 곳
실상사 건너 상황에 가자

닥껍질 삶은 물이 돌돌 도랑을 데우는 골짝 마을
이름도 성도 자식 없어 나선 시집살이 욱동이 동
생 친정 일도
드난살이 삼십여 년 홀로 조금밥 헤며 다 숡아버
린 조씨 할머님은
마당귀에 다소곳 숨이 죽는 약쑥을 보면서
콩나물시루 삼발이 마냥 굽은 허리로 집안을 도
시는데
한 해 한 번 마을에 약쑥 공양 베푸시는 할머님
머리 검불 허연 귓가로 앞집 며느리 새로 치는

꿀벌 소리가

　저승마루인 듯 아득하게 이엉을 얹고

　장독대 함박꽃 뚝 지는 날

　테메운 물두무 곁으론

　지난해 장대비 소리 다시 후드득

　눈 따갑게 이 봄날

　손금을 파고드는 따뜻한 쑥뜸 연기

　할머님 저녁 끼니는 어떠실는지.

젯밥

어머니 향불 사르시고 엎드린 깃동정 실밥이 하
얗고 하얗습니다 멀리 갈치논 반짝반짝 널린 산자
드락 첫차에서 내리시는 모습 뵙고부터 저 눈물 쏟
았습니다 여름 산길이라 쐐기풀 발목을 찌르고 땡
볕이 발등을 밟아 떼떼떼떼 앞서는 방아깨비조차
달갑지 않으셨을 텐데 청도 화악산도 높은 적천사
어머니 가슴에 제가 무슨 억한 불씨로 묻혔길래 어
김없이 이날 이때면 찾아 주시는지

넉넉하게 묻혀오신 미나리 고사리 숙주 어느 것
없이 혀에 올라붙어 가슴 절로 미어집니다 길가 비
명횡사 찢어져 널브러졌던 스물둘 제 몸이야 향물
로 닦지도 못한 채 재 되어 흩어진 뒤 십 년 어머니
닦아 주시는 사진틀 먼지로 시린 제 혼은 어머니 너
른 품에 이끌려 이 절방에 깃들였으니 고맙습니다
고맙습니다 어머니 시방삼세 너른 들판에 놀다 내

년 이맘때 다시 뵈러 오겠습니다

아침 풀비린내 어머니 베적삼 속내인 양 맡으면서
두근두근 시냇물로 흘러 흘러서 어머니.

용호농장 1

김아내지묘

자갈돌에 섞여 누운 가슴이 춥지나 않을란지 익
은 감 벌써 지고 까치밥 건들거리는 오늘은 작은설
오두마니 나앉아 님자를 생각하네 공회당 문 앞에
서 김씨 이씨 댁 며느리들 명절 배급 고기근이나 제
대로 챙겨 받기 위해 나란나란 줄을 서는데 혹 뒤질
까 붙어선 발목이 님자 한참때 그나마 근력 있던 그
발목인가 싶어 고개 돌리고 말았네

님자 묻힌 뒤 십 년 용호 가파른 산비알 짠 바닷
바람이 몰매로 밀려왔다 밀려가고 헐벗은 자갈무덤
더 키를 낮추었지만 내 잊은 적 없네 님자 묻힌 그
자리 묵은 닭똥 냄새 봄 겨울 없이 뒤덮고 줄 이은
홰틀 위 애닭들 밤 도와 잘긴 물지똥에 우리 눈물은
또 얼마나 섞였던 것인가

입술로 잇몸으로 피고름 함께 뱉던 그 바람이사

옛적이나 이적이나 예사로운데 예사롭게 자란 님자
손자들은 학교를 돌아오고 젊은 아낙들은 물알 따
로 넘언 마을 저자로 팔러 나서지만 사람도 물알 같
이 껍질이 까져서야 어디 사람 대접 받을 수 있었던
가 그래도 님자야 늘그막에 천주당을 배워 뫼터나
마 쓸 수 있었으니 천주 사랑 고맙고 고맙지

세상은 그새 몇 번 더 난리를 치고 이제는 열가
사람들 때없이 몰려와 갯바위 낚시로 날을 넘기는
데 그 물밑 훤하게 박혔을 우리 곡상이들 뼛조각을
알기나 할지 새 세상 차도 늘고 길도 넓혔지만 살아
오가지 못하던 걸음이라 남아 늙음이 또 짐일까 닭
집 건너 등성 돌아 몇 걸음인데 내 차마 자주 가보
지 못하니 밉보지 않기를

자갈돌 험한 묘자리나마 상기 더 누웠노라면 어
느 겨를 해 달 또 구르고 미끄러져 흘러 오륙도 앞
바다 살결 고운 감싱이로 함께 떠돌 날 있겠지 생각
하고 생각해도 죽어 설움 살아 걱정 우리 두 내외

앞날 시름만 겹겹인데 보풀보풀 작은설 저녁 하얀
눈치레가 우찌 당기나 한가.

용호농장 2

다락밭을 올라

보랏빛 벼슬을 달았다고 뉘 놀리기라도 했는가
방아꽃 고개 쳐든 텃밭을 지나
닭똥무덤 드문드문 다락밭 올라
아침 뱃길을 내려다본다

섬과 섬을 밀어내는 검푸른 물살
부딪치고 깨져서 목숨이란
제 서러움에 솟았다 가라앉는 나불이어서
갈매기는 자주 뭍 쪽을 기웃거린다

기차로 배로 묶여온 뒤 마흔 해
곡상이는 곡상이를 낳지 않는다며
칼날 바닷돌에 얼굴을 닦고
돼지우리에서 닭장으로 일도 세월을 따랐다만

지난날들은 무슨 업장으로 새삼스러운가

눈 들면 하늘 멀리

꼬막손 토막손 붉은 손바닥 펴보이며

구름 밥상에 둘러앉은 옛 식구들

오냐 오냐 울음에도 가락 있음을 내 어찌 있으랴

세월의 달팽이관 힘껏 돌아서

밥과 숨의 궁상각치우*

삶과 꿈의 음아어이오.

* 옛사람들이 거문고를 지어 풍류를 만들 때에 다섯 줄을 두어 손
  으로 퉁기며 음률을 골랐으니 궁상각치우가 그것이다. 이것은
  사람의 오장에서 비롯되는 바이니, 궁성은 비장에서 나며 그 소
  리는 음이다. 상성은 폐장에서 나며 그 소리는 아이다. 각성은
  간장에서 나며 그 소리는 어이다. 치성은 심장에서 나며 그 소리
  는 이이다. 그리고 우성은 신장에서 나며 그 소리는 오이다.

용호농장 4
후박나무

바다로 내려선 닭장집 지붕은 반쯤 뜯겼다 바람
은 닭똥 먼지를 일으키며 산비탈까지 마을을 옮겨
놓았지만 마음 다문다문 밀어낸 옛 기억들이 나직
이 길을 불러 오늘 가파른 골목 가득 햇살을 깔았다

된소리 흐름소리 물때 바다는 다갈색 시린 속살을
끓이고 발바닥 간지러운 털게들 갯바위 틈새로 겹눈
끔벅끔벅 못 미더운 세상을 자질하거니 못 미더운
세상 한 끝에서 물비늘 차고 오르는 도둑갈매기

교인 무덤 지나 고개 너머 개발 예정 붉은 깃발
너붓너붓 내려다보는 곳 용호농장은 또 일어서면
그만인 마흔 해 헛무덤인데 따사로워라 저녁 햇살
몰려앉은 용호의원 너른 마당엔 향기 높은 후박 한
그루.

사슴섬 2

고향 옛 강가 문촌 열두 집
우는 아이 집난 아이 손톱 발톱을 뽑고
술을 담가 그믐밤 약으로 마신다는 사람들
곳간 흙담 밑에 묻혔을 술독을 생각하며
멀리 논둑길 돌아 지났던
종종 걸음발 어린 날도 흘러가고

어느 젠가 요새처럼 지역 자치니 뭐니
돈과 힘을 새로 나누어 놀아보고 싶었을 세상
민의원 선거에 나섰던 아버지 여느 후보와 달리
그 마을로 들어가 손도 잡고 술잔도 돌려
문촌 몰표를 얻으셨단 이야기 곁귀로 들었던
까까머리 그날들도 스무 해나 더 지나

오늘 사슴섬에서 사슴을 찾는다
날뿌리 십자봉 어디에도 사슴 없는

사슴나라

진보정단 진보적인 사람 틈에도 끼이지 못하고
기층민중 인민대중 그 어느 말품에도 들지 못하
지만
텔레비 있는 방과 없는 방
어찌어찌 잘 통하는 사람과 통하지 않는 사람이
살고
이 예수 저 부처 나라 안 어느 땅보다
섬기는 집들만은 많은 곳

세상은 어느덧 새로 바뀌어
북녘 땅을 오갈 수 있는 이와 없는 이
먼 에움길로 그 땅 콧등까지
무리지어 올랐다 오는 이,
오갈 수 있는 사람 없는 사람으로
나날살이 길길이 나뉘었는데

남녘바다 물길은 늘 따뜻해

사람과 사람 사이 가라앉은 섬
사슴섬 모래톱

곡상이 하얀 붕대를 감고
날아오르는 갈매기.

모아산 바라보며

연변기행 1

졸며 깨며 물 하늘 거듭 바꾸며

건너간 무덤 자리

누군가 돌로 눌러둔 말보로 타다 만 한 개비를

치운 뒤

당신 빗돌에 대선소주 마저 또 한잔

먼 곳 모아산은 봉긋 높아

부드러운 사랑니처럼 세상을 향해 돋아 있고

이저리 산쑥 떼무덤 사이로

떠다니는 풀무치

풀무치도 연변 놈은 뒷다리가 마냥 실해서

저 홀로 잠방거리는 하늘과 바람과 별과 시.

박복한 이 아낙은 네 번 절하고

유세차 갑술 사월 초사흘
박복한 이 아낙은 네 번 절하고

오호라 해와 달 돌아돌아 삼동 추위 다 건너서
뒷메 뽕밭은 작년 오늘 같사온데 의젓하던 그대 모
습 다시 볼 길 아득하네 그대 신왕*하고 됨됨이 단
아하옵기 백 년 해로 바랐더니 문득 얻은 병세로서
여러 해 고생할 제 어느 제나 떨치실까 때라 때라
조린 마음 신명도 애닯도다 달은 누웠다 일어서고
해는 빠졌다 되솟는데 미만 육십 우리 내외 홀로 슬
픔 웬일일고 눈 위에 내린 서리 흉년에 윤달이라 온
들이 적막하고 일마다 허무하다 먼 산 여우비는 그
대 기척인 양 목마를 때 물 생각듯 이 아낙을 생각
는가 지난 고생 담뿍 지고 오는 설움 생각하니 눈물
이 개울 내고 한숨이 울을 엮네 오장간장 녹는 심회
하나하나 다 못하니 어이어이 박복한 이 아낙 한잔

술을 반겨 드시옵소

오호통제상

향.

* 身旺

대천 가는 길

대천엘 가기로 했다
대천은 버드나무 길게 길을 눕히고
이동순 시인이 쓴 물의 노래
물노래 읽으면서 대천엘 간다
시를 쓸 것인가 대천에서는
이제 더 물노래 불러 무얼 할 것인가
우편 631-13 청도군 운문면 대천동 751 김희만
뒹구는 문패 흐르는 구들돌
사람 떠나버린 바람벽에 철거 철거
붉게 그러나 재빨리 뿌려놓은 글씨
어느새 물노래는 너무 많이 물살에 휩쓸렸고
한솥 쓰던 우리 형제 한 장 쓰던 우리 사촌
앞골목 뒷골목 육모초 파란 잎잎이
물노래 대신 넌출지는데
대천엘 가기로 했다
대천엔 무얼 하러 가는지

쭈뼛쭈뼛 일어선 무덤들

놋그릇 거두는 외지 사람 둘 셋

대천은 마냥 물바다가 될 터이고.

연화동 블루스

이층집 그늘이 뒤를 밟아오고
삼층집이 기웃기웃 쏟아져내릴 때
힐금거리며 가로 밀려나며 돌아오던
초량도 연화동 그 골목 아직도 남아 있는지
미국제 짠 우유 덩어리로 혓바늘 다듬으며
비료부대 깜깜하던 극장으로 숨어들어
영사기 불빛 하얀 먼지길을 타박거리기도 하면서
바둑판 돌 듯 골목 골목을 싸다녀도
여름은 쉬 지나지 않았다 더 위쪽 사람들은
비만 오면 똥오줌 슬쩍슬쩍 퍼다 붓기도 했지만
개울바닥에 들어가 캔 녹슨 못들은
주전부리 엿도막을 더욱 보태 주고
함석 지붕 지붕을 나직이 눌러 주던 역광의 돌들
5부두에는 먼 나라 배들이 꽃불을 피워올려
사람들 저녁마당은 나날이 길어지던가 짧아지
던가

각진 왕소금 맛으로 소주를 녹이시며
아버지 늦은 귀가 시간 더욱 늦어져도
미카 미카 따뜻한 콧김을 뿜으며 때없이 떠나가던
부산역 증기 기관차 소리
어머니 그렇게 늙어셨다 작은방 선생댁
누런 알전등 아래서 감자 수제비를 띄울 때
먼데서부터 문득 제 앞길을 끊어버리는 전기
초량도 연화동 산마을은 털썩 주저앉은
이별나라 이별정거장.

어둠 너른 방

어머니 눈물을 흘리지 않으신다
아버지 훌쩍 앵이에 얹혀 가셨을 때도
너거 아버지 너거 아버지가 하시다
앞산마루 가슴으로 받은 듯
아아 한 소리로 무너지셨다

봄 여름 너른 잎 조용히 밀쳐내리고
먼 하늘 모둠발로 올려보던 고향집 감나무 무른
속처럼
어머니 나날이 가벼워지신다

낙매 보신 엉치뼈 속에 쇠나사를 끼워넣고서도
잘 주무시는지 밤에는
저승집 아버지를 뵙고 오시는지
아침까지 배갯머리 눅눅한 잠

어머니 생신 오늘은

창원서 과장댁 누이가 다니러 와서

소곤 소곤소곤 좋은 말벗인인 듯도 싶은데

제 슬픔에 화들짝 놀라는 묵은 내 버릇은 어쩌지
못해

창을 열면

모감주 열매 까만 살빛을 뽐내며

어둠은 훅 달려들어

눈시울 지긋 눌러 준다.

상량노래

   산이 청계산이라 하니 용호 반듯한 길지요 강이 황강이라 하니 말간 모래 기름진 들이 넌출거려 누대 보금자리로다 삼가 한 마리 짧은 노래로 상량하는 일에 힘을 더할까 하노라

   어영차 대들보를 동으로 던지니 붉은 해가 돋고 먼동이 트이자 새라 새로운 강물 일곱 겹 비단폭을 둘렀으니 가까운 봉 먼 봉이 선들선들 빛구름 속에서 그네를 타는구나

   어영차 대들보를 서으로 던지니 맹종네 대나무*가 바람을 머금고 머구 익모초 둔덕을 가꾸네 높다란 돌집 뉘 지었던고 도토리 자리 네 형제 손을 모아 우보재**라 기록하도다

   어영차 대들보를 남으로 던지니 오랜 물길 걸어

들고 높낮은 이랑고랑 예를 갖추네 안산 잣가지 건너 문필봉이 두렷하구나 앞으로 트이고 뒤로 깊으니 일일이 상서로움 가득하도다

어영차 대들보를 위로 올리니 까치발 하늘에 하얀 띠집 뭉게뭉게 대추 아주까리 볕살 되우 받는구나 오가는 이 우물을 아끼지 않으니 때맞춘 바람비에 한 해 세 번 배롱꽃이 곱구나

어영차 대들보를 아래로 던지니 단정하구나 의젓하구나 엣터 도타운 땅심이 처마를 받들고 해라 해마다 다가오는 향사 때는 교장공 신강한 후손들 입과 눈이 가득하리라

삼가 바라건댄 상량한 뒤에 대나무는 창창하고 잣나무는 울울하리니 이 아름다운 돌집 모습 청사에 이르리라 조두는 오래 끊이지 않아 세세토록 이어지게 하자꾸나.

* 맹종네 대나무 : 맹종죽(孟宗竹), 죽순대.
** 우보재(愚牛齋) : 경남 합천군 율곡면 문림리에 있다.

오랑캐꽃

오랑캐꽃이라 해서
오랑캐를 닮았나 했더니
제비초리 한들한들
이쁘기만 한 꽃망울

오랑캐나라 우리나라
분별 있던 옛적에 붙여진 이름
아비가 자식 얼굴에 거적때기를 덮고
나라가 그 딸들을 팔아올릴 때 붙여진

오랑캐꽃 질린 자줏빛
제 나라 사람들이 온통 오랑캐로 보이던 어버이
들이
애둘러 붙인 이름
부끄럽고도 슬픈,

아버지 목마르시다

꿈에 오르신다 회갑 맞아 며느리 셋이 사드렸던
깃 부드러운 코트 단정하게 걸치시고 아버지는 여
러 아버지로 여러 자식들 꿈속을 드나드니 행복하
신 아버지 그런데 내 꿈에는 결석하신다 결석하시
는 아버지 아내는 오늘 또 눈물을 흘린다 아버지만
떠올려도 글썽거리는 아내는 불치다 아버지 목마른
아버지 물을 찾으신다 아가 물 좀 다오 형수는 아버
지 목마름을 재빨리 눈치챈다 그래서 형수는 더 형
수답다 아버지 시원한 샘물로 분필가루 담배가루
까맣게 꽃핀 폐를 닦아내신다 정년 석 달 앞두고 돌
아가신 아버지 교직이 원수다 원수는 대를 이어 원
수다 아버지를 기억할 수 있는 벗들 한 분 두 분 허
리 종이꽃 묶인 채 산으로 공원묘지로 새 자리잡아
떠나실 때 그 뒤를 기웃거려도 보지만

모두들 아버지를 놓치고 허둥거린다 멸치포 지나

다 낚시 도구를 챙기다 횟밥 푸른 상치를 비비다 아
버지 해 돋듯이 저승에서 문득문득 떠올라 환하신
아버지.

자굴산

봄 오고 봄 간다
참꽃 무더기
바윗길 붉은 능선
찬비를 맞고
조막조막 뒤섞인
마을 또 논밭
한 십 년 말 팔아
난봉 말거지, 나
홀로 막다른 골짝
숨었네 빨래터
내 손자
손자 벗들
하얀 콩자갈.

감밭

도포기리 지은 두 자 두 치 넉넉
뒤품 지은 대자 넉넉
수장 한 자 넉넉
앞품 다섯 치 넉넉
긴동 한 자 넉넉 압깃
다섯 치 답 분 넉넉

할아버지 젯날 아침
까치 또 까치.

경주김씨인수배고령박씨지묘

왕고모 할메 돌아가셨다
새벽 아파트 사층 문턱을 빠져나와
일찍이 봐둔 땅밑 자리 찾아가시는 날
살붙이 곡소리가 하늘빛을 바꾸고
맏상주 호생 아제는 슬픔에 휘둘려
발인제 술잔을 엎고 또 쏟는다

아버지 가신 날엔 바람 많더니
할메 가시는 날에는 눈발 도탑다
사정공 22대손 증조부 고운 고명딸
고향집 고리짝 속 일흔 해도 지난 옛
밤배움 마침표 한 장으로 남은 이름 악이
형은 아버지 대신 술잔을 친다

아버지 설 한가위 때마다 찾아 뵙고
흩어진 친정 소식 나직나직 올리시더니

친정 부스러기 들락거려야 대접 받으신다고
그리 극진하셨던가 아버지 돌아가시고도
다시 여러 해 아버지 대신 뵈러 가면
그윽히 눈길 없으시던 할메

바람났다 늙어 돌아온 왕고모부
밉다고 아들에게 산소 따로 마련하라고
시댁 선산에는 묻히지 않으시겠다고
영구차가 의령벌 지나 삼가를 지나
할메 무덤 자리 상여로 오르실 때는
눈 쌓여 조릿대 산길은 자꾸 끊기고

친정 부스러기 형과 나는
상여꽃 명정이 탈 때 남 먼저 산을 내려선다
우리 아니면 왕고모 할메 산소 누가 기억하겠노
여든 앉은뱅이로 방바닥 안고 돌아서도
아버지 한 분 고모 누가 기억하겠노
형은 밭두렁길로 나는 논두렁길로
휘청휘청 눈물을 쏟고

고개 넘어 합천은 다시 사십 리
할메 삼베 감발로 고향길 잡으신다
이승 남은 일 소복소복 눈치레로 벗어두고
아버지 등에 업혀 왕고모 할메
눈길 마지막 친정 가신다

아랫목에 앉으렴
박하 사탕 먹으렴.

배꽃

누가 모르나 봄 한철

벌통에 애벌 들고 땅 밑 사람 드는 일

삼월 건너 사월 붉게 내려앉은 등성이마다

앞서 묻힌 이들이 기어나와

시름시름 배꽃 멍석을 편다.

억만암을 떠나다

멧발이 음기를 품어

길도 집도 더 들지 않는 부처골 억만암은

슬레이트 지붕 페인트 잘 먹인 동네 절인데

터만은 신라 옛적 내림이라 깨진 옥개석에 지대
석에

좁은 마당 섬돌로 빨랫돌로 뽑아 쓰고

뒤집고 골라 층층 돌탑도 그럭저럭 갖추었는데

올 여름 큰비 뒤 마을 분들 봇도랑물 치다가

문득 돌미륵 한 분을 안아올렸는데 부처님은

절집에 있는 게 마땅한 일이라며 억만암으로 옮
겼는데

그 소문에 군공보실 도공보실에 이놈 저놈

문화재위원이니 무어니 성가신 일들 잦을까 하여

신중 주지 잔머리에 공양주 보살 용기를 내어

읍에서 힘쓰는 돌공장 석수장이를 불러

물때로 흙때로 더렵혀진 부처님 대접 이래 되겠나

한 말씀 끝으로 하루 해 하루 저녁

부처님 발바닥 사타구니 잘 계신 거기까지 건드
려가며

한 꺼풀 맨살 정질로 다 깎고 하얀 회 칠갑했으니

얄궂기도 해라 새살에 훈기 돌아 좋기는 하다만

바지 걷고 웃통 벗고 쌀가루 쓰고 바쁜

천상 동네 일꾼 정미소 억만이

재게 올린 미륵전에 럭키 모노륨 찬 바닥 깔고
앉아

눅눅한 습기도 뚝심으로 체면으로 참으며

복전함 너머 마당 가득한 감잎 보며

댑싸리 비 들 일에 엉덩이 움칠움칠

발톱 옹근 열 발가락 자주 달달달.

비둘기 날다

구구 꾸룩꾸룩 헛배를 다독거리며
식은 네온 간판 위나 전깃줄에 붙어앉아
깃털을 씹다가 솎다가 부비다가
로터리 투자신탁 상업은행 빌딩까지 기웃거리는
비둘기
새끼 비둘기는 드물다 어느새 몸이 붙어
어른스럽다 플라스틱 좁쌀이며 껌 부스러기
사람들이 찢어버린 가계수표 긴급대출
빳빳한 비닐 종이 신맛으로 모이주머니를 다듬기
도 하면서
어쩔 수 없지 맑은 유리날에 밟히는 식도
사람 가까이로 도시로 몰려들어 먹이를 빌어온
모진 조상들 버릇 탓에 어쩔 수 없지
목덜미에 죽지에 제법 화려한 잿빛 기름때를 뽐
내며
어느새 서면 육교 위를 살풋 날아올랐다

덕용 돈표 성냥알만 한 눈을 빨갛게 밝히면서
구구 꾸르륵 제 아비가 갈겨놓은 마른 똥을
잽싸게 쪼아먹는 새끼 비둘기.

시월

딸 곁에 앉아
딸 이마를 짚는다
저무름 바람 청소차 요령 소리 멀리 사라진 뒤
어린 딸 나비잠 위로 뜬 보름달
오 놀라워라 그 속에 핀
간 봄 오동꽃의 연보라.

초계길

들판에 저녁 연기 오르고

문득 길을 벗어나는 또 다른 길

꾸벅꾸벅 맨드라미 조는 서녘엔

이제 막 첫 달거리 터진

용녀 또 윤희네 마을.

풀
나
라

가을

낮잠 많은 고냥이
은빛 먹이 양푼이엔
볕살이 가득

모과 둘 투둑 굴러내린 덴
장독인가 고방인가
마당쥐 시궁쥐가 서로 묻는다.

불영사 가는 길

구름 보내고 돌아선 골짝

둘러 가는 길 쉬어 가는 길

밤자갈 하나에도 걸음이 처져

넘어진 등걸에 마음 자주 주었다

세상살이 사납다 불영 골짝 기어들어

산다화 속속닢 힐금거리며

바람 잔걸음 물낯을 건너는 소리

빙빙 된여울에 무릎 함께 적셨다

죽고 사는 인연법은 내 몰라도

몸이야 버리면 다시 못 볼 닫집

욕되지 않을 그리움은 남는 법이어서

하얀 감자꽃은 비구니 등줄기처럼 시리고

세상 많은 절집 소리 그 가운데

불영사 마당 늦은 독경 이제

몸공부 마음공부 다 내려놓은 부처님은

발등에 묻은 불영지 물기를 닦으시는데

지난 달 오늘은 부처님 오셨던 날

불영사 감자밭 고랑에 물끄러미 서서

서쪽 서쪽 왕생길 홀로 보다가

노을에 올라선 부처님 나라

새로 지은 불영사 길

다시 떠난다.

어머니와 순애

어머니 눈가를 비비시더니
아침부터 저녁까지 비비시더니
어린 순애 떠나는 버스 밑에서도
잘 가라 손 저어 말씀하시고
눈 붉혀 조심해라 이어시더니
사람 많은 출차대 차마 마음 누르지 못해
내려보고 올려보시더니 어머니
털옷에 묻는 겨울바람도 어머니 비비시더니
마산 댓거리 바다 정류장
뒷걸음질 버스도 부르르 떨더니
버스 안에서 눈을 비비던 순애
어디로 떠난다는 것인가 울산
방어진 어느 구들 낮은 주소일까
설문은 화장기에 아침을 속삭이는 입김
어머니 눈 비비며 돌아서시더니
딸그락 그락 설겆이 소리로 돌아서

어머니 그렇게 늙어시더니
고향집 골짝에 봄까지 남아
밤새 장독간을 서성이던
눈바람 바람.

솔섬

갯쑥이 웃자란 모래 두둑을 따라
길은 산뿌리까지 가서 끝을 둘로 갈랐다
말똥게 구멍이 머금은 건 날물인가
굴쩍에 올라앉은 볕살이 희다

보리누름 자란바다 감싱이 들고

푸른빛 단청 하늘엔
상날상날 배추나비

배 끊긴 솔섬에선
때 아닌 울닭 소리.

인각사

인각사 아침 법문은
뻐꾸기 뻐꾹 제 전생 얘기
소복 단장 나비는 기왓골만 남실거리고

비 실러 가나
말간 물밥 저 구름.

탑리 아침

송아지가 뜯다 만 매지구름도 있다
소시장 지나 회다리 건너
첫 기차는 들을 질러 북으로 가고
마지막 배웅은 산수유 노란 꽃가지 차지다
탑리는

다섯 층 돌탑 마을
조문조문
문짝 떨어진 감실 안에서
태어나지 않은 탑리 아이들 경 읽는 소리를
귀 세워 듣고 있는
저 금성산.

정월

햇살은 닥나무 가지에 앉아

졸음을 나눈다 줄지어

오는 바람에 고드름빛 하늘을 짐작하고

바퀴없이 뒤집혀진 경운기와

뽑다 만 배추들이 비닐을 감은 채

저녁 연기 깔리는 들판을 본다

무덤이 뽑혀나간 붉은 구덩이가 셋

여름 떠내려간 강가에 반쯤 묻힌 속옷이 누렇다

비리다 굽이굽이 배곯은 저 창자의 길

철 보아 동무 함께 다닐 일이지

동고비 추윗추윗 해 떨어지면

홀로 슬프다 춥다

춥다.

빗방울을 훑다

그미 웃자 그미 쪽 유리잔이 떨렸다

그미 고개 들자 내 잔 속 물이 떨었다

그미와 나는 남남으로 만났고

그미와 나는 남남으로 남는다

낮 두 시 찻집 베트남

그미와 나는 할 말이 없다

창밖 인조 대숲에선 빗발이 글썽거리고

그미 낮은 콧등처럼

그미 외로움도 저랬을까

그미를 두고간 옛 남자의 반지 자국이

그미 짧은 손가락 마디를 기어나와

바깥 창 빗방울 잠시 훑는다.

신호리 겨울

여드레 조금엔 왕모래도 횟횟 날개를 단다
눈바람에 갯바람 밀려든 숭어 망둥어 물길로
햇살은 수척한 발목을 녹이며 가라앉고
밤공기 여직 남은 갯벌 쪽에서는 김 양식 푯대가
뜬 그물을 친다 바람막이 솔숲과 대숲이 내외하며
허물어진 모래둑 너머까지 조분조분 올라섰다
개 없는 개사육장 밭뙈기째 마른 대파
아이 끊긴 폐교 지붕이 빨갛다 녹산공단 멀리
애돌아든 곳 시멘트 담장 사금파리 유리조각에
손을 대면 지난 날 손자국만 희미하게 반짝인다
부서진다 질척한 골목 덮개 친 새마을 우물
콜타르 타는 연기가 가리키는 선창 막바지까지
떼지어 농병아리 내리고 수전증의 갈대밭을 낀 채
재첩배는 그쳤다 바닷물과 민물이 겹겹 얼부푼
신호리 겨울 누렁이 물고 간 길 한 끝에는
포르말린 뿌린 무덤 누렇게 배곯은 해도 있다.

황덕도

섬에서 다시 섬으로 내려서자
갯강구들은 제 풀에 흩어진다
달랑게 한 마리 뒤로 주춤 옆으로
돌담 사이로 주춤 길을 잡는다 문 닫은
황덕초교 마당까지 파도가 계단을 이루었다
팔손이나무 잎차례는 이 고요
어두운 어디쯤서 건진 두레박일까
멀리 지나던 배도 사람도 왕소금을 쓴 듯 따가
운데
물 위로 난 길 갈짓자 구름이 문득
걸음 헛디디다 바로 선다
차라리 하늘을 가두리로 삼아
내외할 것도 없이 깨벗은 황덕도
마른 불가사리 굴쩍 더미가 풀칠한 골목
기울어진 삽짝문을 바깥에서 잠근 채
다시 섬으로 나가는 뱃머리

두 물째 놓친 갈매기 사공이 길을 묻는다

너 어찌 갈래?

이 섬에서 다른 섬으로

이 삶에서 다른 삶으로.

적교에서

새벽에 떠나 느지막이 닿는다 적교
산과 산 사이 송신탑이 더위를 나르고
무릎치 검은 개가 구름 폐차장 쪽을
짓는다 바람마다 올랐다 내렸다
배롱꽃 허파꽈리는 납덩이다
사람 끊긴 장터 이남횟집
수족관은 흰 나팔꽃 차지다
낙동강도 읍내버스가 떠나면
마을 밖으로 귀를 옮긴다
쇠뜨기 불처럼 일어선 논길
머슴살이 나온 듯 들벌레 윙윙거리고
벼포기 땡볕에 벼벼벼벼 속삭인다
발바닥 서로 간질이며 비비비
봇도랑물 흘러간다 슬레이트 축사
햇살 바른 어느 구비에서 밀려 왔는지
산뽕나무 한 가족 이른 저녁밥상을 받고

노란 종이등 손에 든 달개비 이웃도 있다
풀비 먹은 삼베 눅눅한 모랫길
옥수수밭은 넓고 길고 슬프게 멀리
물아래 애막의 어린 딸이
막걸리 주전자를 흔들며 온다
두드린다
장마 오겠다.

후리포

옆줄이 길다 곱다 농어
아가미로 드나들던 밤은 지치고
지금부터 파도소리 설레는 아침 물때다

외로움에도 옆줄이 있어
열 다리 오징어와 여덟 다리 문어가
한 수족관에 갇힌 일을 혼자 웃는다

바다 밑 여울이 산갈치를 보여 줄지
청어 떼를 불러 세울지는 잊기로 한다
젊어 떠돌았던 포구 이름도

숨 바쁜 삼팔 따라지 구석 살림마다
물기 도는 즐거움 하 드물었던 아내

허허바다 멀리 마름질한 위로

치렁출렁 오늘은 비

북쪽 머리 제비갈매기가 앞일 묻는다

내소사

전나무 층층나무 꽝꽝나무가 길을 낸다
하늘로 오르는 길 제 밖으로 나선 길

어느 길은 산마루에 절집 한 채 앉혔다
내소사 대웅보전 꽃살문이다

목향 냄새 환한 골짝이 열렸다 닫힌다
백의관음 오래 잊었던 눈물이다

부안 곰소 갯벌 수미단은 무슨 장엄이어서
가까운 섬 먼 섬 그리 반짝였던가

야단법석 누비질 구름도 저문 하늘가
아미타 아미타 대웅보전으로 드는 고기 떼

백의관음 다시 낭떠러지다 밤이다

고요히 기왓골 밟는 옷자락 소리.

앵두의 이름

이옥기야요 연안 이가 황해도 연백에서 피란왔
지요 여기 와서 기옥이라 올렸지만 호적 이름은 옥
기 일흔둘이야요 연백군에서만 팔천 명 배 타고 내
려올 때 딸 하나 데리고 여수로 내렸지요 내려 와서
아들 딸 다섯 둔 홀아비와 등 대고 살려고 그런데
꼬박 오 년을 살고 그 사람이 새 여자를 보아 그저
쫓겨났단 얘기지요 시방 이 마을 저 아래 같이 살고
있어 그 이야긴 더 할 건 없고 아까 뭐 물어본 것 그
래 업은 남쪽에선 모시지 않아요

천룡도 모시지 않아요 아 천령이 아니고 남쪽 내
려와서 보니까 그래 북쪽에서는 장꼬방에 천룡을
모시고 측간에 측신도 모시고 그래 딸은 지금 부산
에 살고 내 살림이나 지 살림이나 이 모양이니 아릇
목으로 앉아요 아까 말했던 보심록*이라고 선한 일
을 베풀면 꼭 선한 일이 되돌아온다고 이때꺼징 이

책대로만 살려고 선한 일을 베풀면 그만큼 돌아온
다고 내가 박복해도 신기가 있고 그러하지는 않아
요 그런데 부기는 해보아서 아는데

잘 돌아가신 사람은 아니고 이 일은 모두 안사람
이 하는데 원한이 있게 세상을 버리면 며느리가 시
어머니에게 하는데 윗대 오대까지 하는데 치마저고
리 동고리에 잘 넣어 두고 명절 때나 집안 우환 있
을 때 제를 모시는데 무당을 부르기도 하는데 남쪽
에는 그런 것 없지 내가 모셔 봐서 아는데 안방 시
렁을 만들어 얹어두고 부기라 부기 요새 사람 모르
지요 부기 더 있다 가도 좋고 안 그래도 올라 올라
고 했는데 노인정에서 그만 놀고

이제 집에 있을 생각이니 오래 놀다 가도 좋고
담부락 앵두는 다 따도 좋고 물이 넘치지는 않아요
배도라져 있어도 축대까지 물 담근 적은 없어 딸이
볼 턱도 없고 내가 이 책을 줄 테니 꼭 읽어보고 공
부에 쓸 일이 있으면 쓰고 다 쓰고 난 뒤 돌려줘도

좋고 이옥기야요 내 남선 와서 이기옥이라 하지만 이산가족 찾기 할 때면 꼭 이옥기라 적어낼 생각인데 하동읍 흥룡 89번지 옛적에는 흑룡이라 쓰기도 했다지만서도 이옥기야요 옥기.

* 보심록 : 『報心錄』. 딱지본 옛소설 가운데 하나.

감꽃

곡우 다음날

차 앞유리에 박힌 감꽃 하나

고향집 작은어머니 잘 담그시는 우엉 깎두긴가
싶어

쓸어내지 않고 나는

입술로 자근

입천장으로 자근

두 번 씹어본다

용전 사기골

　용전 사기골은 그릇을 굽던 곳 비늘구름 사금파
리 켜켜로 숨긴 그곳을 처음 밟았던 어느 봄날 봄
물이 녹았다 얼었다 겨우내 지친 흙발 부드럽게 어
루만지며 으쓱으쓱 흘러내리는 일이 고마왔는데 용
전 사기골은 묏줄기 빠르게 내려서다 다시 깍지손
한 아이 마냥 다소곳이 올라앉은 마을이라 바람도
따시하게 계신 분들 말씨 또한 경우가 밝았으니 어
찌 삼가함이 없을까 보냐 조심조심 들어서는데 지
지 주지주지 제비가 지끼는 소리는 무슨 쇠끝으로
하늘을 긋는 듯해서 마을엔 알 수 없을 사나운 시름
이 숨겨지긴 숨겨진 까닭이리라 생각도 넣어보고,

　두어 시간 가마자리를 돌며 봉숭아 꽃밥에 취한
진드기 마냥 잘 익은 귀얄무늬 대접에 종지에 생각
하다 고르다 발걸음 곰곰이 곁멋이 들기도 하는데
또 한 등성이 더 올라 사람 드문 돌밭 아래 참한 두

릅나무 두 그루와 그 둘레 옻나무 남매를 생각하면
수루루루 날아가는 화살 마냥 마음 갑자기 바빠지
곤 하는데 어느 눈 밝은 마을 분이 올해도 그 묏두
릅 연한 나물로 도시에서 공부하고 있을 딸 아들 찬
속도 다스리고 밀양 장날에는 심심찮이 지전도 얼
마간 쥐어보기는 쥐어보도록 빌어보는 것인데 소시
장 나선 친정 오라버니 소식도 얻을 것인데,

　거기서 걸음 뺏기지 않고 산 말랑이를 아주 깜박
넘어서면 잉어 준치 황어에 비늘 없는 메기 장어 낙
동강 비린 고기들이 마냥 부처로 살 수 있으리라 두
천년도 넘게 왁자지껄 떼지어 올라와 바위 속 고깃
집을 꾸민 자성산 만어사가 있는데 그 가운데서 뒤
꼭지 의뭉스런 쥐털수염 미륵바위가 불콰해진 얼굴
로 물이끼 비치는 햇살 발치에 무당개구리 한 마리
볼곰볼곰 기어다니는 일을 내려다보는 그런 그림이
없다손쳐도 용전은 따스한 곳이어서 불기운 오래
썬 마을내림이 있어 그런지 어느 봄보다 먼저 배꽃
이 피고 보름달 둥덩실 함부레 깃들어,

용전 사기골은 또 어느 해 고서방 목록에서 얼핏 만났다 놓쳤던 용전유고란 책이름과 이웃인데 용전유고란 합천 벽한정에 옆가지 할아버지 문집인데 그래서 용전은 한 번 더 잃어버린 마을이 된 셈인데 용전이란 신심 깊은 이들이 안개 다북 긴 날 용왕 물밥 먹이던 외진 약우물이 있어 그리 불렸던 일인지는 알 수 없으되 모름지기 그릇 굽는 데에는 땔감에 좋은 물이 있어야 되는 이치라 용왕 섬기는 일과 썩 멀지 않으리라고 마을에는 구름 모양 낙동강 큰 줄기 구부구부 휘감았을 용왕이 가끔 오르시어 머무는 찬샘이 있었을 거라며 웃어보는데 홋홋,

그 뒤에도 홋홋 자주 용전 사기골 무너진 가마자리 명태껍질 같이 불기 먹은 흙을 떠올리고 분청 귀얄무늬 허연 잿물 빗질 소리를 듣는 것인데 그 옆으로 몇 해 전부터 섞여 내린다는 염소 누린내에 젖소 누렁내로 간물 밴 물길에 또 윗골에 가두어 놓은 개들이 여름을 바라고 휘번덕 헐떡 내지르는 울음소

리를 생각하는 것인데 용전 사기골은 오래 사람 기운을 받지 못한 방구들 습한 기운에다 죽은 지렁장 냄새를 섞어 맡는 듯이 갑갑해지는 것인데 용전 사기골은 그 이름이 흔하기로는 갓골이나 새터와 같아 진영 용전도 그 가운데 한 곳일 터인데,

진영 용전에서 더 들어서면 청둥오리탕에 붕어찜이 좋은 주남저수지가 있어 먼 산에 해 떨어지고 찬바람도 사르르르 철새 본다 분탕치던 사람들이 훌쩍 떠나버리면 낚싯줄 봉돌만 한 심장이 놀라 덜컥덜컥 길룩길룩 목제비질하던 쇠기러기 떼는 그제서야 어두워진 못가로 무슨 빈 봉지 같이 떠밀리며 잠드는 것인데 포항 위로 흥해 용전에 영덕 용전 우리나라 용전이란 용전 윈 마을은 예로부터 굴뚝 밑에 나물박 좋고 마른논 수렁논 없이 봄물이 쿨렁콸랑 넘치는 부촌으로 좋은 연줄 이어 내릴 것으로 귀치 않은 생각머리가 자꾸 돌아가는데 당 따그르르르,

풀나라

그 먼 나라를 아시는지 여쭙습니다

젖쟁이 노랑쟁이 나생이 잔다꾸

사람 없고 사람 닮은 풀들만

파도밭을 담장으로 삼고 사는 나라

예순 아들이 여든 어머니 점심상을 차리고

예순 젊은이가 열살 버릇대로

대소사 상다리 이고 지는 마을

사람만 봐도 개는 굼실 집안으로 내빼

이름 잊힌 채 그저 풀로만 불리는

강바랭이 씀바구 광대쟁이 독새기

이장댁 한산할베 마을회관 마룻바닥에

소금 절은 양 등줄 꺼지게 누운 마을

토광 옆 마늘 종다리는 무슨 힘으로

아침 저녁 울컥벌컥 잘도 돋는데

한때 마흔 이젠 스무집 어른들

집집 다 버리고 마을회관 두 방

문지방 내외하며 자고 먹는 풀나라
굴 양식 뜰것이 아침마다 허옇게
저승길 종이꽃처럼 피는 바다
그 먼 나라를 아시는지 여쭙습니다

신행

옷바위말 호랑머리 염개 뒷개
졸랑졸랑 바닷길이 올려 앉힌 마을
가끔 물기 빠진 속빨래 같지만
그래도 울컥 그리운 고향입니다

멀리 멸장 고우는 연기 한 줄기
돌돌 돌길 따라 언덕 위로 올라서면
오월 으름꽃 볼 부은 연보라
연보랏빛 향내에 나는 꿈길을 걷고

두 집안 정지 밟지 않겠다고
친정에 허물 남기지 않겠다고
청상 마흔 해 잘도 건넜는데 기어이
도시 아들 짐 된다고 목 맨 마산댁

옷바위말 호랑머리 염개 뒷개

뱃길 차례로 동무 마을 기별하면서
오늘 아침 무테
마산 화장장으로 신행 가는 길

강씨 묘각 큰 소나무 큰 가지 아래 서서
돈냉이 별꽃 풀나라 아이들과 배웅했습니다
땡그랑 땡그랑
아침밥도 안 먹고 배웅했습니다.

눈 먼 그대

그대 눈 먼 그대로 묻히셨는가

새로 핀 도라지밭 남녘 물살 예사로 덮쳐도

우리 내외 더듬어 보듬어 내려온 바다

깍지 낀 섬들이 물길을 막고

징징 돌멩이를 던지던 갯가 사람들

세상 서러워도 제 땅에 나라마저 잃어

쫓겨 구르던 마음 곰나루는 여기서 먼 데

붉은 솔뿌리 한 골짝 건너서고

겹겹 조개무지 다시 텃밭 이루어도

기껏 백제정승도미처정렬부인 그 이름 지키기

위해

남아 욕된 것 아닌 줄 그대 아실 일

남녘 바다 바라보며 다시 감긴 눈

그대 바이 뜬 바 없이 두고 온 하늘 더듬나

더는 물러설 데 없이 뺏기고 앗긴

안골 옛 저잣거리 젓독마냥 곰삭은 세월

마음 없으니 머문 이십 년이 매양 하룻잠

살아 서럽네 울컥울컥 솟은 흙무덤 다 고향집

같아

엎어지다 미끄러지다 여태

그대 눈 먼 그대로 누워계신가.

* 가덕도가 막아 주고 있는 녹산 안골 언덕받이 솔숲에는 먼 옛날
  네나라시대 백제에서 쫓겨난 도미와 그 아내가 함께 묻힌 데로
  알려진 큰 무덤이 하나 있다. 1950년 경인년 난리 뒤까지도 가끔
  나라 안 도씨 분들이 묘사를 왔다고 한다. 요즘도 더러운 힘에 쫓
  겨 다니는 사람이 한 둘은 아니건만, 도미 그 내외 참 멀리도 흘러
  왔다.

어린 소녀 왔습니다

유세차 갑오 정월 초이틀 임신은 우리 친가 아바 곧 이 세상 버리시고 구원천대 돌아가신 그 날이라 앞날 저녁 출가 소녀 수련은 왼손으로 눈물 닦고 오른손으로 가슴 쥐고 엎드려 아뢰오니

슬프다 우리 아바 아바 얼굴 보려 하고 산도 넘고 물을 건너 어린 소녀 지가 왔오 불러도 답이 없고 울어도 말삼 없어 부녀간 깊은 속정 창회가 만갈랜데 갈수록 생각되고 갈수록 눈물이라

아바 잃은 우리 어마 삼혼이 흩어지고 칠백이 간데 없네 창천 구름에 켜켜 수심이오 강강 흐른 물에 겹겹 눈물이라 어이어이 우리 아바 빈 산 석 자 토봉 무덤 속에 무슨 낙으로 지내실고

슬프다 우리 아바 일생이 서럽도다 유월 더운 날

과 엄동 긴긴 날에 남 안 보는 거친 참상 몇 번이나
당했는가 일신 조화 병이 깊어 동서남북 구약한들
만사가 허사로다 아바 보은 허사로다

하물며 임종시에 약 한 첩 못 다리고 화급총총
가신 날에 말씀 한 번 못 들으니 딸자식이 자식인가
출가외인 분명하다 눈에 삼삼 우리 아바 저 세상 왕
래길은 얼마나 멀고 멀어 다시 올 줄 모르시나

되오소서 되오소서 피고 지는 좋은 날에 다시 한
번 되오소서 어이어이 바쁜 세월 어언간 소상이라
구곡 같이 맺힌 정회 깜박깜박 아뢰오니 아룀이 계
시거든 흠향 흠향하옵소서 오호 애제 상 향.

* 대한민국시대에도 배달말 제문이 수태 마련되었을 터이나, 세
  상에 펴놓은 것이 없었던 참에 오침 선장본으로 꾸민 『배달말제
  문집』(려지환, 진주 제일인쇄소, 1990) 백열일곱 쪽을 받들 기
  회가 있었기로, 두렵고 기뻐서 앉아 읽고 서서 읽는다.

월명노래

월명을 찾아서 월명마을로
월명이 바라 섰던 한길을 따라
월명이 물 긷던 찬샘 옆으로

가다 오다 한 몸 가약 봄날 며칠에
젓독 같은 팔뚝에 마냥 길들어
장돌뱅이 님이사 홀로 섬길 일

님 없는 날마다 산길 더듬나
월명이 오르던 월명산 마루
안의 산청 둘러 보면 은빛 구름길

기러기 기역 니은 제 길 곧아도
하늘 아래 곧은 마음 월명이 사랑
경상우도 함양 고을 월명이 옛일

월명을 찾아서 월명마을로
산도 월명 들도 월명 마을도 월명
외봉우리 월명산엔 묏등만 하나

오실보실 솔바람에 오록조록 올고사리
뒤 늦어 님 울음도 묻힌 그 자리
한 무덤에 두 주검 찾는 이 없고

이승 저승 울먹울먹 헛디디면서
월명 간다 월명이 간다
구름 우에 구름 간다.

집현산 보현사

함양 산청 옛길이라 생비량은 비량 무슨 비린 민물 피라미 꺽지 싱싱한 배때기를 떠올리는 것이지만 생비량은 일찍이 네나라시대 가야나라 끝 임금 구형이 망가진 식솔을 끌고 걸어 건넜던 길이라 물길 또한 깊은 터여서 생비량 사람들 바라보면 발갛게 익은 얼굴로 비량 생비량 고요히 제 마음 맑진 바닥으로만 마냥 잦아드는 듯 싶어 지나는 이를 더욱 그윽하게 이끄는데

먼날에도 조선나라 생비량에 비량이라는 어벙벙한 스님 있어 빈대 잡다 절집 부처 다 태우고 쫓겨가면서도 비량 제 이름에다 생자 한 자 더 얹어 땅이름으로 삼고 두고두고 뒷날 욕심을 낸 터인데 이즈음 대한나라 시기에도 그런 위인이란 봄날 못물에 개구리밥처럼 흔한 것이어서 어 여기가 그런 곳인가 지나치자 지나가 지나쳐 듣는 이마다 입공양

을 아끼지 않는 것인데

생비량은 부산에서 두류산 들고 대구에서 두류산
들 때 의령 지나 대의 지나 좔좔 조르르 지나칠 수
있도록 두 바다 건너 온 서양 기름똥으로 검게 다듬
은 널찍한 이등 길바닥인 셈인데 사람들은 팔팔길
로 남해길로 일등 길로만 오가다 가끔 모를 이 속살
훔쳐보듯 아찔한 재미로 생비량 비량길로 운전대
잡고서 한낮에도 한 백이십 킬로로 슬슬 생땀 함부
로 흘려도 보는데

음음 그 길에 무슨 인연 두터워 내 이기지 못할
슬픔 손으로 훔치고 어금니로 뿌리며 윽물며 생비
량길로 날잡은 날 아침인데 생비량길은 비량 들어
서기 삼십 리 바깥 의령 월촌 솔바위서부터 망가지
고 무너지고 끊긴 길이 된 것인데 함께 길을 엮어
준 사람들도 뒷자리에 앉아 오늘 뒤로 다시는 비량
생비량을 찾지 않으리라 콧물 눈물로 함께 맹세하
는 것인데 생비량 비량

사람 비운 집들이 제 그림자를 키워 저 있는가
없는가 물끄러미 짐작하다 보면 하루해가 간 데 없
을 생비량으로 왼길로 집현산으로 생비량 집현산이
란 본디 이만 오천분의 일에도 오만분의 일에도 제
얼굴을 지도에 크게 올리지 못한 못난 멧줄기 가운
데 하나인 셈인데 그래도 앞만 바라고 오르다보면
평론가 김 교수 창식 영가가 자리잡은 보현사 골짜
기에 이르는 것인데

  골짜기란 골 노릇한다고 모난 구석일 것이 뻔한
일이지만 때 이르게 어느 집안 일손 끊긴 방동사니
다락밭으로 눈길 기웃 자주 기웃거리는 심사란 선
대 선산에 묻힌 타성받이 뫼를 벌써 파내지 못해 오
래 다친 마음과 같은 것인데 그도 저도 그만고만하
고 차를 몰아 올라 올라가 보는 것인데 본디 절이란
숨어도 잘난 곳에 들나도 돈 될 곳에 들보 올린 일
터라 말하지만

공부벌레에게나 걸맞을 집현산이라는 일컬음에
다 관세음 보현 힘센 보현 보살님을 빌려 와 그러한
지 절 앞뒤로 옆으로 맹종죽이 욱씬욱씬 힘을 키우
고 벋어 두 하늘을 엮고도 남을 듯 싶은 골짜긴데
김 교수 창식 영가가 보현사에 자리잡게 된 일은 모
를 일이라고 끄덕거리는 이도 있지만 본디 스무 해
도 더 앞서 김 교수 창식 어머니가 앞서 건너간 삼
도내로 대숲이 열어 주는

도리멍석처럼 솔방울 깔아둔 아이들 묵은 소꿉자
리가 있는가 하면 어미 곁눈을 떠나 뿌리를 내린 연
다래 파란 줄거리 고개를 쳐들기는 갸웃 쳐들어보
는 돌담도 있고 날개짐승 다리짐승 함부로 오다닐
장다리밭 샛길로 절살림 같지 않이 잎 큰 머위며 당
귀도 불쑥불쑥 머리를 디리미는 소풀밭도 두 고랑
세 고랑까지 아래로 위로 몸 날려 벌 나비 들벌레
불러보는 것인데 인데

어머니 먼저 가 계신 저승골이 멀고 어려움을 몸

으로 배워보기도 할 양인지 집현산 보현사는 절 살림이 모자라나 김 교수 황천길 노자가 모자라나 걱정 많은 후배와 제자들이 꽃을 돌리고 떡을 돌리고 마냥 바쁘게 탑돌이 하듯이 절집 누문에서부터 영바빠 버리는 것인데 그래도 사람살이 가운데서도 모를 구석 정한 구석 많기로는 저승길 저승살림 떠나는 이 밝은 배웅이라

이저리 집현산 골짜기를 덮었다 열었다 혼자 던졌다 놓았다 헛바늘 말리다 보면 벌써 여름 가고 겨울 가고 다시 봄 되어 다시 보는 봄이란 김 교수 창식이 손에 불을 켜고 책장을 읽던 채로 책장 영 태운 철이어서 눈물도 아는 이들이나 흘리는 버릇이라며 언제부턴가 집현산 보현사에 새로운 길이 생기고 어깨 팔 하얀 돌배나무 꽃나라가 무량무량 무극무극 자라는 참인데

두껍이 두껍이 외로운 두껍이 목 굵은 보현산 두껍이 한 마리 사람들은 수근소근 외로움 깊으면 가

는 길 더디다 하는데 대나무 노란 꽃이 고물고물 떨어질까 모를 일에도 사람들은 이저리 바쁘게 깃들곤 하는데 집현산 보현사 멀다 해도 뒤뜰에 약밤나무 앞뜰에 멧단풍이 시름없고 사십구제 하얀 구름 광목 산마루 둘러쳐서 쳐져 흙비를 불러도 닷새는 마냥 부를 기세인데

슬픔이란 제 무게로 스며드는 골짝물 같아 더듬더듬 아무 데서나 등을 잡는 햇살 아픈 팔매질 같아 삼도내 물줄기란 부처님 앞가슴 세 길 옷자락이어서 울음은 손바닥으로 보내고 눈물은 허리로 받치며 생비량 비량 집현산 내려서면 불쑥불쑥 잔돌 바닥이 부처님 얼굴로 마구 일어서는 것인데 그 가운데로 두껍이 두껍이 두껍이 보현사에 두껍이 자곰조곰 혼자 가는 것인데,

광음이 흐르는 물과 같아

광음이 흐르는 물과 같아 못 뵈온 지 벌써 여러 해 짧게라도 전해 올린 봉서 없사오니 어찌 동기간 알뜰한 정이라 하오리까 물 설고 사람마저 낯선 땅에서 남의 어버이 섬기고 남의 동기 따르는 아녀자 옛법이 원망스럽습니다 아지 못할 새 꽃피고 새우는 봄날씨에 어머니 만강하옵시며 오라버니 오라버니댁 질아 두 오누이 두루 무탈하온지 알고 접습니다 아버지 환중이실 때 이리 구완 저리 구완 쓰라렸을 일들 차마 저에게 보이지 않으려 하시던 마음쓰심이 해를 건너 눈물 더하게 합니다 민물장어국이 오지다 하여 끼때 맞추어 올리시던 오라버니댁 손길이 더욱더욱 도타왔습니다 오라버니 한 번 친정걸음 매양 어렵더니 이제금 용기를 내었습니다 다가오는 청명 한식 아버지 산일 때는 기별 주시오소서 하로라도 열흘처럼 기다릴까 합니다 남은 말씀은 뵈온 뒤로 미루옵고 이만

동생 총총.

황강 1

가죽 지는 잎은 지면서

구름 흔들고

노을 훌쩍 건너서는

쇠오리 가창오리

돌대추 가지에 종아리 긁히며

혼백 시집 고모는 어느 길로 들었을까

물모래 땅콩밭 십 리 더 위엔

오포 불던 옛 장터

나루도 있다.

황강 3

삼월 삼질

안산 마루

진달래에 연달래

골논 물골엔 구렁구렁

쑥빛 가물치가 기고

또 한 사람 농약을 마셨는지

열아 열아

백아 백아

누렁이 곡소리 너머

붉은 역장*의 구름.

* 역장 : 逆葬, 얼굴을 땅 쪽으로 엎어 묻는 묘제.

황강 7

두렁콩 베는 날에 해가 저물어
진주로 시집간 콩점이 생각
곡식도 씨 따는데
사람이 못 딸까
내리 딸 넷에 아들
남편 상났단 소식도 이어 들리고

콩점아 콩점아 콩 보자
사타리*에 점 보자
잔불 놓던 둑너미엔
첫날 첫 봄밤

달빛 홀로 다복다복 어디로 왔나.

* 사타리 : 사타구니의 지역말.

황강 8

다시는 돌아보지 않으리
돌아보면 해오라기 강턱으로
애기똥 괭이밥은 노랗게 피고

잎마다 남이 분이 이름 붙여보는 봄날

허리 끊긴 밤길이다가 한때
땅버들 골짝이다가 간밤
이랑 고랑 허물어지던 빗소리

다시는 돌아보지 않으리
지게째 엎고 다닌 징검돌 세월도
황강 굽은 활대 물살도

세상 길바닥은 어디라 다 문지방

아지랑이 밥물 끓는 모랫길 따라

봄 사람 울음소리 서럽네

봄 사람 울음소리 서럽네 오호이

햇살 천지 온 산엔 소피 진달래

길 그친 하늘엔 구름 발자국.

황강 9

황강 물 굴불굴불 황강 옥이와 귀엣말 즐겁습니다

황강 모래 엄지 검지 발가락 새 물꽃 되어 흐르
듯이

간지러운 옛말이 들리는 봄

재첩 볼우물이 고운 옥이 마을

이모와 고모가 한 동기를 이루며 늙어간 버들골로

물안개는 디딜 데 없이 아득하였습니다

호르르르 물잠자리 홀로 물수제비 띄우고

옥양목 파란 수숫대가 바스락 소매를 잡습니다

옴두꺼비 멀리서 개구리처럼 울어도 예사로운 날

황강 옥이와 헤어질 일을 생각하였습니다

육십 리 나루 육십 리 황강 옥이는

황강 육십 리 옛 노래 능청거리는데

혼자 사는 옥이 엄지 검지 손톱이 뭉개져 까맣습
니다

물총새 뒤꼭지를 닮았습니다.

껌

빗발 향해 중얼거린다
어둠 속에서 맥을 놓는
더 어두운 빛을 향해
하수구로 되돌아 서는
더 젖은 어둠을 향해

문 내린 옷수선집 여대생 주부 대출 환영
광고문이 붙은 전봇대 금반지도 받는다는
사이사이 네온 간판이 금줄을 치는 거리
버스는 가고 오고 겨울이 깊어 사람들은
어깨를 훑는 불빛에도 흠칫 발목을 들킨다
차에 밀리는 얼굴 안에서 밖에서
어디서 본 듯한 헤어진 듯한
발끝을 들어 헤어질 일 바쁜 얼굴
어둠 향해 빗물 향해 주 주르륵 중얼거린다

떨어지지 않고 않으려
밟히고 있는 기름똥 위
껌을 향해 중얼거린다
까맣게 굳어버린 한때는
따뜻했을 누 눈물을 향해.

치자가 말하면

전 맞아요 그리운 이도 없이

맞아서 웁니다 울면서

두 눈을 긁는 백내장 하늘도 남 일인 걸

전 알아요 웃어요 치자가 말하면

골목마다 검정 휘장을 두르던 밤

이불 홑청도 없이 견딘 어릴 적 겨울을 닮아

자둣빛 입술이 슬퍼요 소름 끼치는

행복 소름 끼치는 사랑에 대해 전 알아요

알아서 조용히 빗장뼈가 내려앉고

짓무른 목덜미로 맞이하고 싶어요

침 뱉고 싶어요 깨진 병 유리에

자근자근 밟히며 자란 제 하얀 성감대

치자 치자꽃이 말하면

전 설레요 벌써 기다려요

울면서 시드는 방과 마당

구름의 발길질

치자 치자.

달래는 몽골 말로 바다

사막

게르는 둥글다

게르에선 발소리도 둥글다

게르 앞에서 아이가 돌멩이를 굴린다

둥글게 금을 긋고 논다

아이 얼굴도 둥글다

햇볕에 씹혀 검고

마른 꽃을 잔뜩 심었다

아이는 여자로 잘 자랄 수 있을까

더위를 겉옷인 양 걸친 양 떼

헴헴헴 게르 앞을 지나간다

슬픔을 둥글게 머금은 아이가

지는 해를 본다.

이별

햇살이

햇살이 데리고 왔다

버드나무 가로수로 왔다

귓불에 처진 금귀고리와

바람이 닦은 주름 얼굴

서쪽 천사백 킬로미터

헙뜨 산골에서 입고 온 두루마기는 빛깔도 푸른데

돌아서서 우는 손녀

쥐어 준 종이돈이

슬픔을 굴린 듯 둥글다

이제 첫 학기 시작하면

네 해 동안 만나지 못할 할머니

그새 뜨실지 모를 할머닐

햇살 사이로 만나

두 발 푹푹 빠지는 노을 속으로 보낸다

찰랑거리는 땅금

큰 키 손녀와 함께.

레닌의 외투

아침저녁 오갈 때마다
혹 당신일까 길 건너로 지나치다
올랑바트르에 머문 셋째 주인 오늘
올랑바트르 호텔 앞에 선 당신을 처음 만난다
옆구리에 무거운 외투를 낀 채
익은 듯했던 모습은 동상 앞쪽에 새긴 레닌
레닌 막 배우기 시작한 몽골말로 확인하며
나는 눈인사를 보낸다 레닌
당신보다 먼저 알았던 동지 카우츠키
1970년대 초반 어린 대학생 시절 나에게
그이 책 계급투쟁 복사본을 건네주었던 친구는
서독으로 흘러가 동독 문학을 배우고
독일인 아내와 돌아왔지만 그이가
처음 말아 주었던 대마초 매운 연기처럼
올랑바트르 겨울 공기는 낮고 어둡다
그 카우츠키가 어떻게 살았는지 나는 잊었고

또 당신이 어떻게 그일 다루었는지 희미하지만

칭기스항과 자무하가 뿌린 넓은 땅

올랑바트르 붉은 영웅의 도시에

영웅으로 와서 오래 즐거웠을 당신

잿빛 걸음을 공중에 묶어둔 채

아직도 몽골 정부청사 건너 쪽

그보다 더 큰 대사관으로 남은 조국 러시아와
함께

당신 또한 올랑바트르 많은 동상 가운데서

우뚝 높은 모습으로 지쳐 있는가

조국에서조차 허물어져내린 당신을

70년이나 머물렀던 당신을 그냥 둔

몽골 사람들 깊은 속을 알 순 없으나

어릴 적 혼자 앓다 낫던 생인손처럼

이 많은 사람 속에 당신은 문득 잊혀진 사람이
던가

어느덧 당신이나 나나 고향을 두고 온 사람

나는 기껏 종가집 갓김치와 진간장을 사기 위해

해발 1350미터 거리 여저기

상점을 기웃거리는 좀스런 사람이 되었고
어지러웠을 혁명의 갈피마냥 촘촘하게
둘레 산마루까지 올라붙은 판자 판잣집들
3억 원짜리 아파트와 무상의 땅 밑 맨홀 집이
중앙난방 한 온수로 함께 따뜻한 이곳
너무 멀리 맑은 초원과 하늘
너무 뚜렷한 삶의 위아래
두 세상 끝을 한 품에 안고도
아침이면 모두 평등하게 일어나는 도시
그것을 밤낮없이 눈뜬 채 지켰을 당신은
무엇을 생각하고 있는가
홀로 입술 다물고 선 당신이
한시절 돌보지 못했던 내 청춘 같고
1970년대 흩어진 사랑 같아 쓸쓸하기만 한데
낡은 전동버스는 흐르다가 서고 흐르다가 선다
거리전화 손에 든 사람들 전화기와 전화기 사이로
낮을 훑는 북국 바람은 무더기로 밀려와도
당신은 한결같이 평안하신가
안녕 레닌

안녕 안녕 레닌

오가는 이 끊긴 올랑바트르 호텔 앞

차를 닦는 아주머니나

손을 기다리는 기사들 눈길조차 주지 않는 쌈지
공원

무엇을 위해 덩그러니 당신 그리고 나는 서서

엘지 스카이텔 광고판과 그 너머

2250미터 높고 긴 벅뜨항 산을 바라보고 있는가

몽골보다 먼 북쪽 나라

러시아에서 온 당신을 만나

몽골 사람보다 더 가까운 듯싶은 이 느낌이 서글
퍼서

나는 또 혀끝으로 입천장으로

웅얼거린다

안녕 레닌

안녕.

밤기차

눈으로 맞는 기차도 있고
귀로 맞는 기차도 있다
사람 내려놓고 기차 떠난 뒤
다시 새벽까지 기다려야 하리
만두를 파는 이도 삶은 양고기를 든 이도
보이지 않는다 잠시 섰던
기차는 어둠을 들쳐업고 북으로 올라간다
나도 기차에 업혀 남쪽 사막으로 내려왔다
올랑바트르 역에서 여섯 시간
어느 호수 밑바닥으로 걸어 든 듯 마을은 어둡고
아이 재운 집 둘레로 검둥개만 돈다
얼굴을 맞대고 양고기탕을 나눌 벗도 없이
모랫바닥 식당 탁자에 턱을 괴고
기차가 내려놓은 늙은 불빛을 바라본다
마중나온 내외가 짐을 든다
그들은 어느 볕바른 돌벼랑 아래

흰 게르 민들레 두 포기를 가꾸었으리

아버지와 아들 손자 삼대가 소 양

염소를 번갈아 먹이는 들

기차는 갈기를 세우고

모래 언덕을 차며 가리

본디 기차는 낮밤 없이 마을을 지날 적마다

큰 말 떼 우두머리나 되는 듯

고삐 풀린 목소리를 즐기는

묵은 버릇이 있다.

동행

땡볕에 타 버린 술병이
잔금을 문 채 뒹군다
그도 그랬다 어릴 적부터
아버지와 사막을 비럭질로 떠돌아
마음이 낙타털보다 가벼웠을 사람
거지 성자 단중라브자*
그를 만난 날 밤 바람을 피해
말똥구리 몇이 내 게르로 와 누웠다
빵 부스러기를 뒤집어쓰고 잔 뒤
그냥 갔는가 했더니 저녁에 다시 와
목례를 한다 밥 먹었느냐
오늘밤도 함께해 되겠느냐
모래알에 맞아 찢긴 잎
맨살 벗겨진 채 마른 양버들 줄기까지
게르 안을 기웃거린다
바깥은 사나운 봄 홀로 헤매다

바람에 뜯기고 나면

내 백골도 한 단추 돌은 될 건가

별을 사랑하다 사람들이 넣은

뱀독을 마시고 별이 되어 버린

거지 성자 단증라브자

말똥구리와 나는 내일 아침

구름 낙타를 탈 생각이다

동쪽 사막 낭떠러지

낭떠러지 그이 동굴까지.

* 단증라브자(1803~1856) : 몽골의 이름난 스님·시인·미술가·
극작가·의사. 그이를 시샘한 무리가 독살했다. 더른고비(동쪽
사막) 생샨드에 있는 단증라브자박물관에 가면 그이가 어릴 적
입었던 거지 옷이 한 벌 남아 있다.

창밖의 여자

송아지가 먹고 자라는
소젖을 빌려 살려니 힘이 든다
혀 밑에서 우머 한 소리 나올 법도 하지만
힘이 줄지 않는 건
때로 살고기 장조림을 먹는 까닭이다
가루 녹차에 소젖을 넣어 끓이는 동안
창밖의 여자 옷 빨고 있다
창밖의 여자 밥상 치우고 있다
저 여자는 무얼 먹고 지낼까

들에 등줄기 헉헉 비벼 대는 강
송아지마냥 따라가 볼 일이다
땅금 우적우적 씹어 댈 일이다

창밖의 여자
어디로 나들이 가나

작두콩만 한 발밑 참새 떼도

겨우내 한 식구로 거두어 준 여자

큰 키 미끈한 미루나무

봄이 오는 거리로

불쑥 발을 내딛는다.

낙타 눈물

사막이 주저앉아
회리리 회오리 밟아
그 서슬에 허파 찢긴 듯
털썩 따가운 사랑이 있었던가
성냥개비 불붙는 첫 순간
유황불 젊은 날 다 보내고
능선에 능선을 지고 선 낙타를 본다

겨우내 낭떠러지 추위에 떠밀려
기우뚱 뒤뚱 기름 녹고 접힌 두 등봉
털 빠져 헐거운 뱃가죽
짝과 새끼가 죽었을 때 낙타는 운다지만
오늘은 주인이 켜는 마두금* 소리에
소금보다 짠 눈물을 끓이며
새끼에게 물릴 젖을 내어 준다

어리석음이 어찌 덕이랴^{**}

낙타 구름 떠가는 봄날

낙타는 사람을 배워 사람처럼 흐느끼고

나는 낙타를 배워

무릎을 꿇는다.

---

* 머링호르 : 암수 두 줄로 된 몽골 전통 현악기. 꼭대기에 말대가
  리를 새겨 넣기에 마두금(馬頭琴)이라 일컫는다.
** "어리석음이 어찌하여 / 어진 것이 되느냐?" 김종길, 「소」.

달래

달래는 슬픈 이름

한 번 달래나 해보지

달래바위에 피를 찧었던 일은 우리 옛적 이야기

유월부터 구월까지

하양부터 분홍까지

어딜 가나 저 뿐인 듯 피어 떠드는 달래

달래는 몽골 말로 바다

두 억 년 앞선 때는 바다였다는 고비알타이

소금 호수 천막 가게에서

달래 장아찔 카스 안주로 주던

달래는 열 살

아버지 어머니

달래 융단 아래 묻은.

여름

넓찍하니 높다라니 뿔이 쌓여 있다 아이가 지나
간다 검둥개가 섰다 간다 아침에도 두 마리 양가죽
을 벗겼다

잿빛 뿔무더기는 가시관에 남루를 걸쳤다 어디서
보았을까 이제 들쥐들 자러 오리라 이부자리 펴고
달래꽃 씹으리라

신기루를 글썽거리는 길 사막으로 내려가는 차는
끊기고 게르 위에 널어 둔 저녁 끼때 양고기는 벌써
노을빛이다.

다리강가

다리강가* 불 마을
불을 뿜었던 입은 안으로 녹이고
어깨로 등으로 불 하늘 식혀 앉혀
검은 젖꼭지로 돋은 오름
눈매 붉은 남자들은 들로 나갔다
오름을 보며 돌아와 불을 지핀다
불 허리 불 이마 다듬으며 사는 다리강가
남자들 손에는 여자 줄 노란 팔찌가 익고
머리카락을 잘라 구름 속으로 던지는 여자들
겨울 땔감 소똥 바람벽을 쌓으며
소울음 소리를 흉내낸다
말을 키워 말 키로 뛰어오르는 사람들
이제는 부지깽이처럼 말라 가는가
두려워라 까마귀 떼 쫓는 저 여자는
달빛 저녁에 힘겹게 아이를 낳으리라
지난 설날 뱃속 아기가 바뀌어

땅을 구르며 운 여자가 한둘이었던가

높고 거룩해라 다리강가 알퉁어워 불 오름

그 이름 입에 올리지는 못하지만

남북동서 우뚝 누른 금관 자리

곳곳 불 거웃 불 혀 식힌 돌사람도

서고 앉아 참새 떼를 날린다

장대비처럼 떨어졌나 버드나무 흥건한 들을

온 하루 중얼중얼 기는 구름 그림자

흔한 전깃불 하나 없다 밤새

거울에 비친 촛불에도 신령이 깃드는 마을

모래굴에 새끼 숨긴 늑대는 언덕을 맴돌고

달빛이 씻어 주는 불 오름 아래서

소똥만큼 흔한 이별을 흥얼거린다 남자들은

아내의 배꼽 풀무를 돌리며

펴고 두드리고 다시 녹인다 다리강가

꿈에도 금은을 입히는 이들이 오늘은

세상 한끝에서 별똥별을 묻는다

다리강가 옛 그리움은 잊어 버렸나

국경 너머 실려간 딸들 면

울음소리가 들리는 아침

여자들은 소젖차를 끓인다 뿌린다

이제 손거울마저 눕힌 상갓집에서는

지난밤 죽은 처녀가 떠나리라

울지 마라 먼길 그미 쉬 갈 수 있도록

울지 마라 어제 깎아 던진 손톱 탓에

오늘 집짐승들 길 잃지 않도록

다리강가 걸음길이 멀어도

시간 약속을 않는 사람들

엉덩이 푸른 아이들이 몰려나가는

십 리 바깥 강가 호수 물비늘은

금귀고리 금팔찌로 철렁 철렁거리는데

붉은 낙타 떼는 어느 하늘을 건넜을까

우레우레 쿵쿵 마른 우렛소리

들을 들었다 놓는 다리강가

마지막 불 나라.

* 다리강가: 몽골 동남쪽 국경 초원지대, 강가 족이 사는 마을. 우
  리 제주도와 풍토가 닮았다.

새벽 화장을 하는 낙타

여자 넷이 모여 할 일 없으랴 사람들 부푼 잠길
에 앉아 화장이 즐겁다 껌 씹는 일은 묵은 즐거움
허리며 배꼽을 내려놓고 칙폭칙폭 사막 가운데를
흘러온 어젯밤 침상은 떠올리지 말라 여자는 늘 바
뀐다 무릎까지 바람모래에 맡긴 채 기찻길을 따라
온 전봇대도 갈 데까지 갈 걸음인가 먼동에 일어난
낙타가 십 리 바깥 물냄새를 맡는다는 소문은 잘못
이다 오십 리 바깥 물냄새를 맡는 놈이 낙타다 열두
시간 밤기차로 국경을 건너다니는 암낙타들 가족의
앞날을 쌍봉인 양 짊어진 채 중국 땅 남몽골로 장보
러 간다 땅금에 돈은 해도 화장을 마쳤는가 낙타들
은 홍차 잔을 나누며 차창 밖으로 너머로 노을을 바
라본다.

올랑바트르

큰 종 안에 작은 종
종 둘*을 발밑에 묻은 사람들
두 소리 밟으며 배로 목으로 두 노래** 부른다
올랑바트르 붉은 영웅이 말을 몰았던 곳
그이 사무실은 기념관으로 바뀌고
여든 해를 넘기며 사람 발길 끊겼지만
곧게 자란 버들 누이가
버들잎 입장권을 뜯어 준다

한낮 세 시 동쪽에서 서쪽에서
마주 오가는 비행구름을 보며
풀 따라 내려온 소들이 강두렁을 씹는 도시
언덕배기 러시아인 공동묘지엔
녹슨 바람개비가 돌고
붉은 영웅이 말에서 내렸다는 광장 가
양파 주름을 까고 앉은 노인 둘이

엽전점을 뗀다.

* 몽골 서울 올랑바트르 중심가는 수흐바트르 광장을 중심으로
  이흐터이로와 바가터이로, 두 거리로 이루어졌다. 그리고 둘
  은 크작은 두 종 모양을 본떴다.
** 흐미. 몽골 전통 노래 방식 가운데 하나.

손장난

이제 손장난은 슬프다

초저녁에 전기가 식어
밤새 올 것 같지 않은 시각
손전화를 켠다

마을 울타리는 밝은 네모
그 안에 잠든 이름을 하나씩 지운다
만나고 싶지 않은
떠올리고 싶지 않은 사람의 번호

어떤 이는 속이고 떠났고
어떤 이는 얻을 게 없어 떠났고
어떤 이는 지레 버림받아 떠났다
그들 목소리까지 지운다

두 번호는 저승에 닿아 있다
거기 머문 지 몇 해 된 제자
전화할 필요가 없을 터이지만
전화 오가려면 오래 걸릴 터이지만

마흔 줄에 건너간 후배의 아내 번호
무덤도 자식도 없는 그이가
가끔 눌러 볼 번호에서
자식을 먼저 보낸 아버님 부음이 왔던가

평생 지우지 못할 번호도 있다

하나둘 건너뛰며 넘기며
이제 손장난은 즐겁다
가벼워진 손전화
끈다
켠다

소주 막잔을 꽃다발인 양 탁자 아래로 굴린다.

열쇠고리

나 집 떠날 때
아내가 쥐어 준 열쇠고리

중국 어느 관광지에서 만들어 넣은
사진 속 웃는 얼굴은
서른 해 옛 가을 처음 자태다

남의 나라 높은 거리를 걸어가며
손가락으로 손바닥으로
열쇠고리를 쥔다

차랑차랑 춥지 말라고
처렁처렁 아프지 말라고
이곳에서나 그곳에서나 힘겹지 말자고

나 집 떠날 때

아내가 쥐어 준 울음의 앞쪽.

타락을 마시는 저녁

동티가 날까

도착 시간을 묻지 않았다

남은 거리로 짐작하며 웃었다 해가 지는 동안

톨 강 가에서 소젖차를 끓였다

낙타 구름은 등짐째 서쪽으로 가고

낙타 가족은 고개 저으며 남쪽으로 갔다

배부른 가시숲 고개를 넘어서면

삶은 둥근 슬픔에 찔리는 일

산신에게 올릴 양고기를 소주에 적셨다

산 가까이서 이름을 불러 얼마나 많은 산이 숨어
버렸던가

엄지손가락을 빠는 화롯불 곁에서

아이들은 양 복숭뼈를 던지고

흰 꽈리처럼 부푼 잠을 잤다

길은 어디서 마을을 잃어 버린 것일까

게르에 얹어 둔 바지는

어젯밤 늑대가 물고 갔다

옷을 입고 사람살이를 배우려나

다른 집에 들어 밥을 먹고

설거지를 하려나

게르 문지방을 밟고 간 보름달은

이제 자갈 사막 벗어나리라 혼자

소금 호수로 들리라.

울리아스태는 울지 않는다

울리아스는 나무 이름

울리아스 강을 따라

푸른 마을이라 울리아스태

울리아스태는 흘러간다

말도 양도 염소도 소도 흘러간다

노래언덕이 돋은 까닭이다

노래언덕에 노래탑을 모신 까닭이다

울리아스태 노래언덕 노래탑이

울리아스태를 지켜 주는 까닭이다

남몽골 사막을 깎는 흙바람도

동몽골 못물을 찢는 비늘 소금도

울리아스태는 잊지 않는다

울리아스 잎과 노래가 함께 자라는 곳

울리아스는 바람 천막

울리아스는 구름 발굽

울리아스태는 쉬지 않는다

턱바위는 울퉁불퉁 생각이 잦고

가시숲 붉은 여우는 신을 벗어

능선을 바꾼다 꾸벅

요람인 듯 낮달을 인 채

강줄기는 어느 하늘로 목을 젓는가

울리아스는 깍지 낀 슬픔

울리아스는 태어날 아이

울리아스태는 저물지 않는다

노래탑을 모신 까닭이다

노래탑에 노래 어머니를 섬기는 까닭이다

울리아스태 노래탑 노래 어머니가

울리아스태를 보살펴 주는 까닭이다

울리아스 울리아스

울리아스는 주먹 등불

울리아스태는 자지 않는다

대춧빛 하늘은 울지 않는다.

어뜨겅텡게르를 향하여

어뜨겅텡게르 막내 하늘

그 하늘에 이르기 위해

아홉 샘이 끓는 마을

고비알타이 유승볼락에서 하룻밤 머문다

아홉 샘 마을에 샘은 보이지 않고

여윈 낙타 혹등처럼 여저기 누운 구릉

스물일곱 시간을 건너와 다시 다섯 시간

알타이 묏줄기가 밀쳐놓은

항타이시르 산을 지나 잡황 강가

울리아스태 마을로 넘어간다

네모 밥상 돌무덤이 뱃속

녹슨 청동기며 막돌 도끼를 꺼내 놓고

횟배 아이 같이 꾸벅 조는 곳

빛빛깔 금줄 친 다와 고개 서낭당에서

여우처럼 여우 모자 쓴 목민을 만나

물을 나누지만 그는

골짜기 부챗살 속으로 든 소를

찾을 수 없을 것이다 하늘은

위쪽이 아니라 물살 겹쳐 눕는 들 바깥이라서

더 멀다 서로 따로 떠도는 산

큰 나무는 소나무 작은 나무는 염소나무로

따라온다 비칠 발 밟힌 구름끼리

손인사를 나누곤 헤어진다

천막집 천장을 기는 양초 불빛

영하의 여름밤을 건너선 뒤

할 말 많은 입을 들썩이는 아침노을

바람은 염주 서릿발을 흩뿌린다 쿨렁

쿨렁 만년설 골짝 물소리 따라

마구 만 년을 좇아 오른 듯

시루산 시루탑 바위에서 본다

허허노르 푸른 호수

상이라도 하늘 제사상 너머

어뜨겅텡게르 막내 하늘

사람들 울음을 받아 주고 스스로 우는 산

울음의 전생

후생을 본다.

낙타 새끼는 양 복숭뼈를 굴린다

낙타가 갈지자로 걸어온다 버버 회오리가 온다 낙타는 젖꼭지가 네 개 오른쪽 둘은 새끼가 먹고 왼쪽 둘은 사람이 짠다 새끼가 먼저 먹지 않으면 젖이 잘 나오지 않는다 이젠 젖을 받아야 하리

낙타는 눈을 감고 코담배를 들이쉰다 지난주였던가 어뜨겅 가족이 게르를 걷고 떠난 자리 보랏빛 붓꽃이 턱을 괴고 앉았다 나도 젖이 네 개 달린 낙타가 되고 싶다 물끄러미 붓꽃이 되고 싶다.

해당화

나 먼저 저승 가서 아침 둑길 따라 걷다
그대 생각나면 어이하나

섰다 서성이다 함께 머물렀던 세월에 마냥 떠돌다
나 없이 살아온 인연 나 없이 살아갈 인연 행복
하라고 활짝 피라고

나 먼저 저승 가서 어느 물가
연붉은 그대 만나면.

고비알타이

소젖차를 쏟는다

누가 어깨를 쳤나 보니

팔짱 낀 채 늘어선 벼랑

웅성웅성 서녘이 붉다

낙타가 푸른 늑대를 쫓는다는 골짝은 어제 지났다

막 어른이 된 듯한 여자아이가

늙은 아버지와 소똥을 줍는다

휘파람을 부는 뱀

건너 느릅나무가

무릎을 굽힌 채 본다

하늘 옆구리를 조용히 내딛는 초생달

저승 문지방은

누구하고 건넜을까.

북두칠성과 다투지 마라

별에도 불편한 별이 많다 언제 어디서 건너왔는
지 알기 힘든 별 무릎이 굽고 어깨가 내려앉아 마
음까지 쏟아지는 별 그 가운데 암종을 턱 밑에 물고
엉치뼈 쇠못을 박은 채 걸어오는 별 늦은 시각에 달
려온 전화 소리 같이 별빛 글썽거린다 별구름에 싸
여 다닐 만큼 병이 깊었던 것일까 병이란 한쪽으로
만 도는 바람개비다 제가 저를 모르니 더 아프다 병
원을 오가는 별과 다투지 마라 절뚝거리는 별빛

별과 별 사이 강이 흐른다 별똥별은 첨벙 어느
골짜길까 먼데 어머니가 들르러 오시나보다 다른 별
로 건너다니시는 어머니 병 다루는 솜씨가 서투신
까닭이다 어머닌 녹지 않을 가루약인 양 슬픔을 녹
여 드신다 숟가락처럼 길게 휜 병상에 누우셨다 화
성으로 목성으로 해왕성으로 다닐 때부터 어머닌 철
길보다 더 녹스셨다 덜커덩 침목 소리를 허리로 받

으신다 어느 별에서나 병을 업고 병을 반짝이신다

어머니 구완하다 먼저 떠나신 아버지 멀리 건너
갈 밤이셨던 게다 천왕성 아래서 담배를 피우신다
어떤 별은 먼지를 떨면서 땅금 아래로 내려간다 아
버지도 그 길을 따르신다 나는 무슨 별일까 토성 문
밖까지 가 보았던가 누워 사는 별 하늘 바닥에 물관
을 늘어뜨리고 자는 별 살갗을 터뜨리며 갑자기 사
라지는 별 차고 뜨거운 별마다 병이 다르다 은하수
는 눈병 탓에 수천 억 개 물방울을 반짝이는 게다

별이 기르는 슬픔은 길다 무겁다 끓는 밥 김처럼
별빛 투덜거린다 외길로 풀린 병을 묶으며 칭얼거
린다 흰 별 붉은 별 앙앙 부딪친다 별자리 풀썩거린
다 혼자 빛나다 문득 흐느끼는 별 허물어진 가슴을
꺼내 보여 주며 주저앉는 별도 있다 북두칠성과 다
투지 마라 별에는 병동도 없이 병으로 가득하다 한
해가 끝나는 십이월 끝자락이다 나는 사막 너른 밤
에 앉아 두 시간 뒤에 떠날 명왕성 기차를 기다린다.

유비비디오에서 알려 드립니다

안녕하십니까?

늘 저희 가게를 사랑해 주시는 교민 여러분 고맙습니다.

다름 아니라 빌려 가신 테이프 반납이 잘 되지 않아 지면으로 부탁드립니다.

저한테는 테이프 하나하나가 소중하오니 테이프를 반드시 돌려주시기 바랍니다.

특히 '장밋빛 인생' 테이프를 빌려 가신 분께서는

빨리 돌려주시면 고맙겠습니다.

유비비디오 가게가 눈을 맞고 있다

눈은 마르고 커서 천천히 흐른다

어찌 눈이 사람 마음 같이 흐를 수 있으랴

유비비디오는 겨우내 거듭 장미를 피워 내지만

나는 컵라면에 물을 채우는 나날이었다
라면 컵 속에 하루가 끓는다는 생각

그리움은 다 그렇다
식빵처럼 위쪽으로만 부풀던 하늘
차들은 네걸음길 바람개비로 감겨 도는데

유비비디오는 오늘도 내일도 눈을 맞을 것인가
겨울 봄 없이 맞을 것인가 그리고
그대 없이 나는 행복한가 아닌가

장미도 피지 않는 추운 나라에서
내 장밋빛 인생이 흰 장미를 꺾어 든다.

그 겨울의 찻집

마을에 이르자
한길은 걸음을 강 쪽으로 돌렸다
시름시름 앞으로 내딛다
기울기를 죽인 물살 위로
축사 불빛이 어룽거리는 거리
사람들은 서서 앉아서 버스를 기다린다
길어서 불편한 두루마기 마냥
늘 걸친 가난이어서 지을 죄도 없는 삶
버스가 들어온다 소젖통을 든 할머니는
지난밤 추위에 밟혀 무릎까지 숨이 차다
한길 끝 나무가 보이지 않는 묘목장과 쇠울타리
바람에 구르는 가시풀 덤불이
축사에서 죽어 나온 닭 같다
오종종 마른 배수구로 몰렸다
눈이 오지 않아 흐린 도시로 버스는 떠나고
다시 올 때까지 두 시간

그 겨울의 찻집에서는
달걀을 보드카에 찍어 먹는
주인과 나
둘이서 창밖을 본다.

말

삶은 되새김질할 수 없는 일

너희는 울며 기며 먹을거리로 내 뒤를 씹지만

나는 내 뒤를 돌아보지 않는다

서서 잠든다고 비웃지만

등 기대 지새는 버릇

소젖에 빠진 파리인 양 재갈을 물었지만

종마만 남기고 거세를 당했지만

너희처럼 핏줄끼리 몸을 섞지는 않는다

우물 곁 사람이 퍼 주는 물을 마셔야만 사는 집

짐승

그래도 너희 양 낙타와 같이

사람 올 때까지 물냄새만 맡다 쓰러질 수야

염소 뿔 떨어지는 추위

갈기와 눈썹을 내려 접고

바람 가는 남쪽으로 서 있다만

이 바람 자면 달려갈

저 들 저 지옥이
내 집이다.

생배노 몽골

1

참새를 발아래 기르던 버드나무 잘라져 보이질
않고
문 또한 남쪽으로 바꿔 낸 기숙사 복도 끝 304호
늦은 시각 구두를 신은 채 머리를 감는다
낡은 텔레비전은 모르는 채널 위를 오가며
어느 먼 데 소식을 양털 무더기인 양 날린다
창을 열고 묵은 방 냄새를 내보낸다
앞길에 세워 둔 차가 양 같다
오늘 하루 산으로 들로 다닌 뒤 잠자리에 드는 양
뒷보기유리를 깨뜨려 아양아양 우는 어린 놈도
보인다.

2

며칠 비에 넘치는 황톳물
쑥대 무성한 셀브 강 흘러간다

벅뜨항 산 비알에 희게 돌로 새겨 놓았던

칭기스항 얼굴도 흩어져 내린다

내가 알았던 처녀 둘은 학교를 그만둔 뒤

멀리 호숫가 선교사로 떠났다

중앙우체국 담벼락 헌책방 주인 바쓩은

흰머리에 허리가 무거워

눕혀 둔 헌책처럼 앉아 존다

나는 『몽골에서 보낸 네 철』 속

그의 이야기를 펼쳐 보인 뒤 함께

여섯 해 앞선 들로 들어섰다 나온다

바이스태는 안녕히 가세요 줄이면 바카

박씨는 몽골 말로 선생님

됫박에 고봉 콩이 쏟아지듯 그가 웃는다

바카 박 박씨야 바카 박 박씨야

몽골 낮달은 흰 달걀 이를 지녔다.

3

안녕은 생배노 지는 해 보며

기숙사 창을 연다 생배노

등불은 저보다 큰 등갓 그림자를 쓰고

천장에 붙은 채 나와 함께 밖을 내다본다

여름 비 끝에 눈을 이고 선 벅뜨항 산

먼 들에서 올라왔을 듯싶은 구름이

소식을 나누는지 서로 어깨를 부딪는다

새로 칠한 아파트에서는

자두처럼 익은 등불이 하나둘

신문지를 구기듯

아이 부르는 엄마 소리 들린다.

붉은 여우

　가을을 벗어 둔 채 기러기 가족도 떠났습니다 낮
으면 낮은 대로 높으면 높은 대로 모자를 쓴 듯 무
덤에 들겠습니다 바람발에 흙발에 차이고 밀리면
뒷날 그 아니 좋은 꽃밭일지요 마른내 따라 자작나
무 산울타리 열어 두고 사슴 늑대 다 잠든 뒤에도
달리겠습니다 한 걸음 두 걸음 울컥울컥 내딛는 어
둠 속에서 도마뱀처럼 꼬리를 씹겠습니다 바람이
떠밀어 올린 모래산 주름 위에서 부우부우 버마재
비 되어 울겠습니다 가다 저물겠습니다 보름달도
혀를 물고 성에꽃처럼 얼어붙는 겨울 별똥별에 태
운 무릎뼈를 핥겠습니다

　저는 붉은 여우
　이승 저승에 별승까지 있다 하니
　몇 삶 더 떠돌다 오겠습니다
　두 백 년은 기다려 주시기 바랍니다.

들개 신공

벅뜨항 산 꼭대기 눈
어제 비가 위에서는 눈으로 왔다
팔월 눈 내릴 땐 멀리 나가는 일은 삼간다
게르 판자촌 가까이 머물며 사람들
반기는 기색 없으면 금방 물러날 줄도 안다
허물어진 절집 담장 아래도 거닐고
갓 만든 어워 둘레도 돈다
혹 돌더미에서 생고기 뼈를 찾을 제면
다 씹을 때까진 떠나지 않는다
누가 보면 어워를 지키는 갸륵함이라 하리라
공동묘지를 돌면 소풍 나섰다 생각하라
울타리 아래 아이 똥을 닦아 먹고
비 온 뒤 흙탕물로 목을 축이며
물끄러미 발등을 핥는다
우리는 대개 검다 속살은 붉지만
시루떡처럼 부푼 석탄광 잡석 빛깔이다

때로 양 떼 가까이 갔다 집개에게 쫓겨난다

그래도 사람 가까이 머물러야 한다

야성은 숨기고 꼬리는 내려야 한다

집 없고 가족 없는 개라 말하지 마라

들개는 본디 가족을 두지 않는다

사람 가운데도 더러 개를 닮은 이가 있으나

우린 마냥 들개다 잉걸불 이빨을 밝히고

짖는다 두려워 마라 물기 위한 일이 아니다

다만 사람과 거리를 둘 따름

어금니 빠지고 벽돌을 삼킨 양 속이 무겁지만

고픈 일이 배뿐이겠는가 길가 장작더미를 지날 땐

피어오를 저녁 불꽃을 떠올릴 줄도 아는

나는 들개다 그런데 사실을 밝히자면

목줄이 문제다 걷기도 힘들다

어려서 주인을 떠날 때부터 두른 목줄

풀지 못한 목줄이 몇 해 나를 졸라 왔다

지나는 일족을 보며 나는 주로 앉아 지낸다

동정하지 마라 이렇듯 숨가쁜 슬픔도

들개의 신공이다.

나룽톨 시장이 젖는다

나룽톨 시장이 젖는다
어제 젖고 밤에 젖고 아침에 젖는다
여섯 해 만에 들른 곳
입장료를 받는 여자 둘 보이지 않고
입성을 고친 담장 가게도 조용하니 잠들었는데
붉은 부리 까마귀만 먼 데서 온 먼뎃말을 거듭
한다
시장 구석 모자점 옆 헌책방에서는
한국어교본도 빗소리에 젖으리라
닿소리 홀소리가 낯선 듯 섞이리라
남북동서 오가는 차들 빈 한쪽
한국서 건너온 타이탄 트럭 하나가
비에 젖고 있다 유어용달
푸른빛으로 낡아 더 작아 보이는 글씨
유어는 어딜까 경상남도 창녕군도
낙동강 물가 유어면이 있는데 서울

어느 가장자리 용달회사 주인이 그곳 출신이었
을까
나는 천천히 다가간다
고향 동생을 만난 듯 잠시
등을 두드려 준다.

강우물

가을 가랑잎이 겨울까지 흘러왔다 얼음 속에 켜
켜 한소끔 몰려 앉았다 호롱불 눈을 밝힌 소들이 강
위로 건너온다 어미소가 송아지를 기다려 돌아섰다
다시 걷는다 큰 키 버들숲이 이고 진 홍싯빛 노을
강우물 번지 위쪽에선 늙은 내외 기러기가 물을 긷
는다 쩡 한 획 굽은 톨 강이 등짐 내려놓는다 쩡

어디선가 말 뼈다귀 찾아 문 검둥개가 지나다 그
소리에 놀라 선다.

장례미사

슬픔에는 방향이 있어 더 슬프다
여섯 개 촛불이 데우는 슬픔
흔드는 슬픔
나를 향해 쓰러지는 그대 슬픔에는
내가 가 보지 못한 그대가 있어 더 슬프다.

옥
비
의

달

12월

김창식에게

엉개나무집 흙담 너머

낮은 양철 기도원

슬픔을 빗질하는 솔빛 능선을 보라

우리 잊고 산 지 세 해인데

사람살이 좁은 골짝마다 길은 닫혀도

까치가 흘고 다니는 고두밥 눈길이 깊다고

중얼거리는

혼자 저무는

그대 뒷집은 가랑잎 꽃무덤인가

하늘로 길품 떠난 그대 찾다가

오늘은 내 걸음

보름달 물가에서

잠을 묻는 기러기.

사랑을 보내 놓고

사랑을 보내 놓고
보낸 나를 내려다본다
동리 간이 우편취급소는 새로 바뀌었고
바뀐 사무원은 손이 작다 몸집이 작다
아아 이별도 작게 하리라
사랑은 특급으로 떠났다 특급이 못 된 사랑은
행낭에 물끄러미 포개져 존다
특급 사랑을 못 해 본 내가 특급 우편을 부친다
사랑이 떠난 뒤에도 사랑 가게를 볼 수 있을까
사과를 깎고 비 내리고 차들 오가고
나는 사랑과 이별을 나눈다
침대 위에서 침대 아래서 나눈다
이별은 멍든 구석이 어디쯤일까
사랑을 보내고 한 달 사랑에게 전화를 건다
출타 중, 기별해야 할 다른 이별이 남았나 보다
저녁 술밥집처럼 축축한 목소리로

다른 사랑을 만나나 보다

사랑은 멀고 나는 사랑을 잊는다

길에서 잊고 지하철에서 잊는다

사랑이 떠난 뒤에도 사랑 가게를 볼 수 있을까

사랑 많이 버세요 다른 사랑이 웃는다

나도 사랑을 별만큼 많이 벌고 싶다

사랑을 보내 놓고

사랑 가게 문을 닫는다

어느 금요일까지 기다리리라

토요일 일요일에는 전화를 걸 수 있으리라

은행나무가 수화기를 내려놓는다

수루루 사랑이 떨어진다.

동묘 저녁

동묘에는 안개가 산다

서울서 가장 짙은 안개

긴 안개

동묘에는 동무도 없이

나온 안개가 골목을 돈다

주인 물러간 집 허물어진 벽 사이로

감자 고랑처럼 내려앉은 안개 가게

등 꺾은 군화에 낡은 전화기

언젠가 월남에서 건너왔을 물소 뼈도 물발자욱

소리를 낸다

동묘에는 몽골 어디서 왔는지

자매가 게를게를 말 안개를 피우며 간다

관우를 닮은 사오정을 닮은 이웃나라 안개도 있다

겉장 속장 젖은 안개

시침 분침 포개 멈춘 안개

그리운 이름 고향 다 묻은 안개가

골목 끝까지 희읍하다
서울 동묘에는
안개 아닌 것이
안개 흉내를 낸다
몇 해씩 머물렀지만
가슴에 등에 지번을 달지 못한 안개
종종걸음으로 몰려들었다
막 지는 저녁을 따라
서울 바깥으로 짐을 싼다.

언덕 위에 성당이

언덕 위에 성당이

언덕 깎여 나간 자리에 서서

언덕을 한 차례 더 높여 준다

성당은 흐린 회벽에 붉은 창문을 달았는데

성당의 딸인 오리나무 가지가 창문을 올려다본다

언덕은 옆구리 아래로도 깎여 비어

산제비를 불러들이고

바다로 나서는 강물이 느릿느릿

제 발목을 푸는 다대포 모래톱

끝자리까지 한눈에 살핀다 보꾹보꾹

떠 있는 작은 배도 내려다본다

장마가 오기 앞서 들마꽃 인동 아이들이

성당으로 찾아들어 성당 기둥을 타고 내린

지난해 장마 흔적을 두드린다

성당에 당동 종소리

성당에 당동 종소리

언덕 위에 성당이

언덕 깎여 나간 자리에 서서

오늘은 발밑까지 노을을 불러 앉힌 뒤

내 아내 아내 벗 둘이

내려서는 언덕길을

한참 동안 지켜 준다.

구름 마을

중창에 안창이 있어
마을 내림 오랜 줄은 알겠으나
집집 처마 낮게 잇대어 앉은 품이
여름 여우비 피해 농막에 든 장돌뱅이 같아
모두 가벼운 입성이다

수돗물을 받으러 중창으로 내려가거나
위쪽 만리산 약수터로 오내리는 사람은
보이지 않는다 한가위라
때 아니게 길은 바빠서
더 위쪽 공동묘지로 성묘 나선 낯선 이가
한둘 빛난다 한낮

철상 뒤 물밥을 문간에 받드는 일로
집안마다 손님 대접 다른 것을 안다
시멘트 좁다란 골목길 따라

사과껍질에 쓴 고사리 살림 품새가 얇은 집

그 댁 아버지 쓸쓸하니 며칠 밖으로 나돌았을 성
싶고

조기 대가리에 오금야금 박나물을 아끼지 않은 집

딸네 손채비는 넉넉하겠다

명절이라 마을 안까지 가을이 썩 들어서서

산 번지 따시한 햇살 아래

오리불고기집 화신슈퍼 간판은 마냥 두렷하여

일찍 벌초 끝낸 떼무덤 본 듯이

풀 비릉내 은근하고 환하게 끼쳐 오는데

건너 솔잎도 차츰 누런빛을 띠니

땅 속 깊은 제 입술 앙다문 것

마을버스 되돌아 나가는 공터에

아이들은 탁구공처럼 모였다 흩어진다

산 들머리 가파른 계단길

자줏빛 나팔꽃 꺾고 계신 할머님은

무슨 약 삼아 몸과 마음 일으킬 셈인지

나팔꽃 줄기보다 여윈 한숨 두리번두리번 쉬시
는가

만리산 이름부터 멀기만 한 산
만 리 극락 한 봉우릴 인 안창마을은
세상에서 십 리는 더 올라선 듯
내려가는 마을버스에 앉은 사람들 얼굴이
구름 자욱 닮은 것도 한 풍속이다.

기러기

잘 살으래이 박 서방 밥 잘 해 멕이고 애비 벌이 주는 돈 야무치게 해서 아들딸 잘 키아라 나는 지금 가도 항게도 아까분 거 업다 원도 업다 잘 키아라 몸 아푸면 빨리 병원 가고 니 욕보는 줄 안다 니 에미 아비도 그래 한번씩 뭐 끼리 묵는가 자주 들다 보고 마 욕본다 희야 박 서방 밥 잘 해 멕이고 기러기 가튼 니 가시나 머시마 잘 키우고 또 봄에 날씨가 따뜻하믄 조켓다.

성모병원 난간에 서서

비라 해도 오는 것 같지 않더니
거리에는 젖은 아파트 퍼즐

너는 빈 머리로 누워 나를 본다
마흔에 터진 뒤 쉰둘에 세 번
까까머리 고교 때부터 도시락이든 짜장면이든
훌렁훌렁 넘겨 자랑이었는데 너는
무엇이 바빠 남 먼저 핏줄을
모자반 공기주머닌 양 밟고 누웠는가
그새 머릿속 주소가 뒤바뀌었는지
핏줄끼리 낯설어졌는지 정태일
네 성과 내 이름을 묶어 부르면서
내 앉을 자리를 더듬거리는데

뒷산 솔숲에는 다친 너보다 더 다친 듯
솔잎 턱턱 떨어지는 겨울

넘어진 맏이 처지에 집안 건사나 되었으랴
내일은 까치설 네 고향 언양 쪽에는
며칠 앞서 내가 어머님을 묻고 온 공원묘지가
있고
오늘은 그 길목 식당에서 먹은
순두부 맑은 간수와 같은 비가 내렸는데
설도 설 같지 않아 너는 누웠다 앉았는가
살아온 날 살아갈 날을 셈하듯
네 아내는
점심을 떠 주고
나는 성모병원 칠 층 난간에 서서
용호동 아랫길을 본다

아픈 다리로 네 아내와 교대하기 위해
병원에 들어서는 어머니를 본다.

두만강 건너온 레닌

비오는 부르하퉁하 강 물안개 그득한데
너는 어디 머물다 이 거리로 들어섰느냐
간밤 놀이터 떠들던 사람들 돌아가고
젖은 기구들이 낡은 무저선 같다

이마에 붉은 등 자동차는
연길대교 위를 지싯지싯 미끄러지는데
허물고 짓고 세우는 거리 어느 골목에서도
깃들 데 없어 발 오그리고 숨었더냐

너는 회령에서 왔고 정주에서 왔다
청진에서 왔고 안주에서 왔다
어둠에 떠밀리며 얼음장처럼 건넜다 했느냐
허기를 쥔 채 추우면 울며 잤다 했느냐

화룡현 옛길 걷고 도문 길 호습다는 차도 타면서

두고 온 어버이나라 강성대국 소식은 묻은 채
식구도 동무도 없이 두만강 건너와
고요히 내 방에 이마 눕힌 책

400쪽 낡은 『레닌과 민족문제』 한 권
얼음 박힌 네 발가락을 움찔거리며
떠돈 길 무엇을 증명하기 위해
엇구수한 표지가 머리로 걸은 듯 무겁다

여름 새벽 강가 아파트 19층에서 일어나
네 어깨며 배를 약손인 듯 쓰다듬으면
슬픔은 옆구리 밟힌 열두 살 산돼지처럼
토드락 토드락 앞가슴 차며 오는구나.

꼬질대

문득 꼬질대라는 말이 왔다
일테면 논산훈련소 훈병수첩
분침을 잘라 붙이며 쓰레기장
조각 신문지 맞추며 시를 생각했던
27연대 거기서 처음 만난 꼬질대
꽂았다 뺀 엠원소총 개머리판에 볼을 대고
먼 집과 달 그리고 별을 가늠하다
초병을 기는 초벌레처럼 8주 훈련을 마친 뒤
밤기차에서 꼬질꼬질 졸다 대구역에 내렸을 때
꼬질대는 더 자주 닦이고 빛날 물건
엠원에서 카빈으로 바뀌고도 한결같던 꼬질대
꺾이지 않을 것 같던 꼬질대
꼬질대는 반 여든 세월을 넘어 어느 한낮
전화를 걸어왔다 독도경비대
거기로 가려다 울릉도에도 못 이르고
영덕 오십천 강가에서 경비나 서면서

푸른 물수제비를 띄웠던 꼬질대

지금은 황소를 키워 황소집 주인으로 살거나

갯가 어느 횟집에서 도마를 두드리며

아저씨 또는 오라버니로 출렁거릴 꼬질대

남자라면 거의 지녔을 꼬질대

남자라면 거의 반납한 꼬질대

문득 꼬질대라는 말이 왔다

은빛 물살을 채는 갈매기

오십천 물바닥 전화가 왔다.

처서

아부지 이제 가입시더
술을 껴입은 채 쓰러진 아버지
아버지 쓰러뜨린 무슨 짐을 제가 다 질 듯
소년 상주가 운다

비죽비죽 비가 솔잎을 씹으니
나무마다 쓰린 날
앞물 뒷물 다 비운 채
닻을 내린 산등성

영락 공원묘지
저승에서 밟을 영원한 낙이란 어떤 것인가

아부지 이제 가입시더
갈 데도 없을 듯한 이승
찬 바닥을 쪼고 있는

까치 두 마리.

욕지 목욕탕

욕지에서

목욕을 한다

줄비 내리는 아침

목욕탕에 손은 없고

주의보 맵게 내렸다는 앞바다

방학이라 뭍으로 나간

주인집 방에서 여러 날 쓴

주인의 면도날을 빌리면서

하루 내내 비 올 일 걱정했는데

우체국 골목 뒤 목욕탕

더운 물 차운 물 오간 뒤

욕지 목욕탕 나서면

연속극 엄마의 노래

마지막은 어느 아침일까

젊은 안주인은 다시

배를 깔아 티비 채널을 웃고

뱃길로 한 시간 먼저 온 통영배가

욕지배를 기다리는 선창

당산나무 당집도 먼 등성인데

떨기째 지는 능소화

붉은 길로 혼자

오른다 욕지

구름 목

욕탕.

상추론

적치마상추 뚝섬적치마상추 조선흑치마상추 청
치마상추 먹치마상추가 중엽쑥갓 치마아욱 곁에 앉
았다

상추와 상치를 왔다 갔다 하는 사이
치마를 입었다 치매를 벗었다 하는 사이
입맛이 바뀌고 인심이 달라졌단 뜻인가
아 조선흑치마라니 청치마라니 오늘은
알타리무가 치마아욱 곁에 쪼그려 앉았다
할메약초 중앙종묘사 부전시장 어느 새벽보다
먼저
꽃치마 주름치마 짐짓 접은 씨앗 아이들
그래서 상추는 앞뒤 모르고 찢어졌던 세월 같고
잎잎이 떠내려간 누비질 추억이었던가
무심한 무와 상추 사이에서 허전한 상치와 상처
사이에서

출근길 시장 골목 글로벌타워 높다란 커다란 상
점 위로
귓불에 솜털도 가시지 않은 채
겉옷 속옷 눈물 뭉텅뭉텅 닦으며
마냥 밟힌 구름을 보는 것인데
쌈쌈을 밀어 넣다 울컥거리는 네모 밥상
저문 마을에 도로도로 놓일 한 끼
슬픔을 씹는 것인데

적치마상추 뚝섬적치마상추 조선흑치마상추 청
치마상추 먹치마상추가 중엽쑥갓 치마아욱 곁에 앉
았다.

누부 손금

이 꽃 저 꽃 다 지는 오월
아카시아 길 따라 삼랑진 간다
용전 사기점 누부 만나러 간다

자성산 능선이 불쑥 휘돌아 내리는 소리
멀리 먼 주소의 비라도 기별하려는지
자두 속살 같이 젖은 그리움이 봇물 트이듯 흘러
흘러서
어릴 적 누부가 던져 보낸 웃니 아랫니를 생각
하며
매지구름 뒤우뚱 어미 찾는 시늉을 본떠
생림 사촌 독뫼 이름 고운 마을도 지나고
막걸리통 농약병 뒹구는 논둑길 웃으며 걸어
새삼덩굴 울을 친 골짝 검은 가마자리 누부집
간다
그릇도 질그릇이란 한자리 눌러 살며

불심 센 참나무 참장작으로 키워 낸 자식이라서

못물에 소낙비 들고 뒤주에 생쥐 들듯

센 불 낮은 불 오내리는 소리 사발 금 먹는 소리

귀얄 술술 날그릇 덤벙덤벙 담그던 슬픔도

물레질 한 발길로 고임돌에 올라 앉히고

질흙 같은 열아홉 나이가 서른 마흔 쉰 불통을
타고 넘어

바람 올 적마다 고욤나무 까치집 까치를 보며

누부는 앉아 울었을까 서서 울었을까

살강에 잿물 듣는 밤마다 사기점 물은 흐르고
흘러

마을에는 여적지 떠나지 못한 이별이 있었던가

사금파리 널린 골짝 물살 따라 두 백 년이 또
두 번

도랑도랑 구르다 묻힌 눈배기돌

작두콩만 한 눈배기돌을 주워 들면

거기 찍혀 살아온 누부 손금

귓불 차가웠을 누부 손자들과

해 따라 철따라 도랑물에 씻긴

저녁 어스름

이 꽃 저 꽃 다 지는 오월
사금파리 무덤 위로 보름달 떴다
누부가 굴리던 옛도 먼 옛날 누런 물레틀.

오류동

구름 구들장 띄워 놓고 고요한 물가 혼자 걷는다
꾀꼬리눈썹에 튼살 주름에 나비길로 오내리는 벼랑
따라 흔들 간다 얼금뱅이 느티 당목 지나

가마 오마 말도 없이 여우비 지나간다 강새이 한
마리 꼬리 물고 돈다 나팔꽃 범벅꽃이 늦더위에 돌
돌 말리고 앞물 뒷물 잉어 버선발로 뛴다

가지 많은 가지 형제처럼 대처 나간 아들 손자는
어느 고랑에서 익고 있을까 부엉이 자는 부엉산 가
을볕 아래 해 걸린 벌초 무덤 다북쑥 자북한데

속눈질하듯 어둑살 내린다 새벽부터 장고방에 무
씨래기 뒤설레더니 텃밭에 가랑잎 발자욱 소리 바
쁘더니 원왕생 원왕생 첫 눈깨비 오는구나.

발해를 꿈꾸며 동해에 지다

통영 옛 이름은 두룡포
통영 사람들 퇴영이라 일컫는데

지아비 주검 찾으러 물밑 고을로 내려간
해평 열녀 감았던 천 발 새끼줄이
며칠 뒤 건져 올린 두 주검에는
통영 바다 꽃인연이란 인연 죄 따라 올라왔다는

사월도 가는 가랑비
동백꽃 물밑 이야기가 낯설지 않은 오늘

그 골목 걸어 동해로 건너간 사람 있다
구름 둑길 넘어 청어 골짝 지나
개펄 속 가로등 하나둘 켜질 때
돛대 시침은 어느 별을 가리켰던가

세병관 높은 마루에 서서
이제 막 발바닥 접는 갈매기 본다
달샘 해샘 충렬사 물빛 닮은 두 눈
엎어진다 넘어진다

넘어지면서 혓바닥 파도 깊이 묻는
퇴영 사람 장철수
바다 사람 장철수
1960년~1998년
칼날 파도로 깎은 묘비

발해를 꿈꾸며 동해에 지다
오 독도 하얀 용오름.

광한루 가는 길

용성초등학교 옆 용성헌책방에서는 왜
땅바닥 넘너른히 장난감을 널어놓고 팔까
책장에 얹어 둔 책 속에서 속초 이성선의 옛 시
집을 찾은 일은
칠월 산길 도라지 꽃풍선을 터뜨리는 느낌이다
그리고 용봉시장 갓길 백반 오천 원 돈족탕 육
천 원
송월정 동네 식당 문 닫은 대지방앗간 기울기울
거리는 맞은쪽
주인 부재중이라 붙인 대지조류각종알부화집이
재중이다
새는 주인을 닮았다 잉꼬와 흰 문조 벼슬 붉은
십자매도 부재중
게다가 살쾡이 붉은 눈빛 박제 주둥이는 무얼 씹
다 만 시늉이다
우리 맨 아래 두 칸은 토끼 암수 더부살이

몸을 부풀린 채 깃을 물거나 낮잠을 중얼거린다

부재중 주인은 먼 데 산비둘기 모으러 갔을까

메추리 닮은 벗을 찾아 나섰을까

칸칸이 모이집과 마른 물통 노란 앵무는 어느 방
인가

깃털 빛깔이 아름다움 체질도 튼튼해서 기르기
쉬움

애교와 호기심이 많은 눈 날카로운 목소리가 단점

작은 풀이표를 붙인 일이 용성헌책방과 닮았다

각종 소설 전집 자습서 헌책 사고팝니다 교과서
동화책 사전

소설 전과 문구 완구 교재 용봉동 용성초등학교
옆 용성헌책방을 지나면

음악의노예들 악기점 기타 악기 사고파는 곳

붙인 미닫이에 김장용 박스 팝니다 광고까지 기
르는

그곳도 실한 알까기를 꿈꾸는 게 틀림없다

돈 부화 건강 부화 사랑 부화를 겨늠해서 그런지

거리에는 늦은 더위가 지저귀고 사람들은

호박꽃 속 박각시처럼 얼굴빛 쪼며 걸어간다

붐붐 차바퀴 소리도 붐붐붐 부푸는 곳

남원시도 용봉동 용성초등학교 옆 용성헌책방에
서는 왜

장난감을 땅바닥 넘너른히 널어놓고 팔까.

을숙도

새벽에 떠난 구름 거룻배가 높다 세월이 제 몸에
왝짓거리하듯 강이었다 바다였다 굴삭기 파도가 찍
어 대는 뻘밭

은박지 아파트가 빛난다 바람이 맥박을 쥔다 무
릎 까진 대파가 웅성웅성 멀다 내장을 비운 폐선들
선창은 어디였을까

눈감고 눈 내린다 깨벗은 발톱으로 뜬 기름을 쪼
고 쫀다 오라 어서 오라 한 시절 가라앉을 하늘을
지고 나는 달린다

모래등 지도를 밟고 달린다.

황강 18

옆으로 기는 버릇에 게게 게라 일컫는다지만

길마다 밟은 죄 다 간추리면 한 하늘 엮고도 나

머지 셈인데

똥게 털게 없이 게젓 범벅 같던 세월

가로 돌다 모로 돌다 지렁장 어둠에 갇혔던 것을

쉬어 이십 리에 걸어 삼십 리

쉿쉿 구름 속 구름 딛는 소리도 들으며

나 간다 굴불굴불 슬퍼 추억 간다

접시꽃 빨간 한길

환한 소금강.

황강 21

한 굽이 골바람

한 굽이 강바람

땅고개 지나 성채에 묻힌 할메는

길 되고 밭 되어 주무시는가

상주 주씨 댁 비각에선

여름 한철 배롱꽃이 귀신을 쫓고

대암산 허리로 구름 몰릴 때

낮에는 비설거지 바쁘더니만

누부야

누부야 동무는 언제

보름 달집에 들었노.

가을은 달린다

가을은 달리기를 마친 뒤
칠성시장 기찻길 옆에서 탕을 시킨다
보신탕 보신을 위해 앞날 대전을 떠돌다
대전 원동시장을 지나 순대 골목 지나
다시 대구 서쪽 대곡역 여관에서
아직도 여관답게 허름한 곳이 있다니
벽 모기 여섯 마리를 잠길로 보낼 때까지
십 분 열한 시에서 십 분 더 내려설 때까지
성인 채널 2번은 거듭 훅훅거리고
대전도 원동시장 헌책방은 논산훈련소 갈 때
그것도 삼십 년 훌쩍 건너선 옛날
조명희 낙동강 건설출판사 1946년을 건졌던 곳
아가씨 넣어 주까 총각, 문밖에서 총각이 서성이
던 날은 가고
원동시장을 돌고 대훈서점을 돌고
북한책 전문점 권은 돌아가셔서 한 달 앞서 부

도나

아들이 명함에 소식을 얹어 주고

대전에서 대전으로 서울부산철길로 대구로

가을은 달리기를 마친 뒤

참참 참소주 뚜껑으로 만들어 붙인 차림표 아래서

쓸개주 파란 소주 참 소주잔을 들고

칠성시장 탕집은 고기를 가랑잎처럼 찢어 파는 곳

가을은 다시 달린다 한가위 대목 칠성시장은

빗발을 이고 문어 간고등어가 이웃인데

양초가게 양초는 며칠 지질 듯이 길어

산골 절간으로 갈 준비에 흰 눈을 치뜬다

방금 장만한 토끼 곰에는 대추가 들 것인가

칠성시장은 부드러운 칠성판 비구름을 업었는데

칠성시장에서 대구에서 흘러갔던

1970년대 군대 시절에 만났음 직한 처녀의

허리 굵은 이모나 고모일 듯한 이가 한가위를 배
달한다

가을이 배달할 것은 무엇일까

성인 채널 2번은 거듭 송편을 빚고 먹이고

가을은 다시 달린다 비틀비틀 가방을 멘 채

어느 구석 나라에서 왔나 동대구역 비둘기

가을은 참참 쓸개주를 마신 뒤

시골집 울타리에 꽈리 붙어 익은 꽈리처럼

속을 비운 남행 기차로 오른다

가을은 달리기를 마치고

가을은 비에 젖고

가을은 다시 달린다 웃는다.

해인사

비는 숲으로 온다 어디를 딛고 오는지
보이지 않다가 붉솔 숲에서 천천히 걷는다

골짜기 두 옆으로 부챗살처럼 담을 친 빗소리
고개 돌리니 풀썩 무너진다

잠자리 앉아 날개 꺾듯 비가 그친다 승가대학
용마루 너머 키다리 상왕봉이 섰다 가고

낮 한 시 수업을 시작했는지
디딤돌 아래 열네 켤레 학인 하얀 고무신

콧등마다 연비 자국이 곱다
나비가 법당으로 알았나 보다 앉았다 날았다.

시의 탑차를 타고

김달조에게

겨울은 등성이마다 추위 천막을 쳤다

굴러 내리던 돌덩이에 찢긴 무덤은

새 흙을 끌어 덮지 못하리라

까치밥 사과는 목맨 시늉으로 지도 위를 구르고

골짜기 축사에선 각진 울대를 부풀리며

어둠을 문짝인 양 긁어 대는 개들

풍각에 화양 청도 놋세숫대야 같은 마을

쇠줄 풀린 자전거 바퀴 소리 바람 거칠어도

이 저녁 나는 시의 탑차를 탄다

시의 남편 시의 어머니가 계신 곳

풍증으로 여윈 팔 질경이 손바닥을 펴면

구름 컴퓨터가 늦게 배운 자판을 넘겨 준다

가리라 시의 남편과 속삭이리라

마음 늘 신문지마냥 펄럭거리고

무시래기 혀를 말리는 빨랫줄에 얼어 터진 수돗가

집에서는 늦은 저녁을 푸고 있을까

비슬산에서 화악산 한 목청으로 트인 길 따라

나는 냉동 삼계탕 닭 되어 달려간다

어느 배다른 잠자리나 꿈꾸고 있을

시의 남편 시의 어머니를 그리워하며

덩굴 몸을 꼰다

시의 탑차를 몬다.

어머니의 잠

이제는 미음도 줄이시면서
질퍽거리는 길 혼자 가신다
어둠 속에서도 바람 제 숲가지 찾아 내리듯
숨길 고르시며 길바닥 소금도 뿌리시며

머리 한쪽을 비우고 살아도
해거리로 바뀌는 세상인심은 아시는지
맏이 집에서 둘째 집으로 다시
노인병원으로 노란 링게르병 옮기셨다

안경도 둘이면 더 환한 걸까
돋보기 졸보기 틈새로 자란 손자들
스무 해 동안 어떤 울음도 만들지 않으셨다
고개 숙인 매발톱 자줏빛 꽃대궁

아침저녁 창문으로 날아드는

구름 깃발을 펄럭이며 아들 셋 딸 하나
어머니 노년은 띄엄띄엄 위험했다 방구석
나날은 부챗살처럼 펴졌다 접히고

안으로만 졸아들면 눈물도 더욱
무겁다 자욱한 숨 몰아쉬며 현풍으로 대구로
낙동강 높은음자리로 어머니
친정 마을 불빛을 밟으시는가

그래도 싹 틔울 그리움 있으신 게다
지척의 살별들 손으로 물리며 멀리
돌아보신다 누에 몸 부풀린 어머니
이제는 미음도 줄이시면서.

겨울 정선

생강나무는 노란 생강도 없이
여윈 가지만 툭툭 밀어냅니다
석회암 뺑대 회양목은 불긋 달아올랐습니다
이상한 일도 일 나름입니다
금깨비 은깨비가 아이들을
동굴로 데려갔다 어디론가 되돌려 놓고
물운대 소나무는 여름 벼락을 받았습니다
굵은 곤드레밥으로 취한 어른이
왼발에 왼손 오른발에 오른손 어릿어릿
길짐승 되어 오내리던 비탈밭 옛집 자리는
벌써 구름 풀시렁을 얹었습니다
두 억 년 옛날에는 죄 바다 밑이었다며
밤마다 땅속으로 아가미를 여는 자작나무
카시오페이아 별자리가 왁자거려도
오줌장군 아래서 눈 녹인 물로 우슬초는
수염뿌리 제대로 다듬을 생각입니다

바다 위에 세운 강마을이라 돌거북이

아홉 마리를 몰래 묻어 키우는 고을

거북이 울음소리 더듬는

두물머리 아우라지부터 읍내까지

허리 아래로 물길을 밀어 내리며

동강은 빠르고 바쁘지만

읍내 시장 안골목에서는

사랑을 메밀전 굽듯 잘 뒤집는

이모들이 아직 꽃잠입니다.

목포는 항구다

목포는 항구다

안개 항구다

묵은 갈젓 안개

목포에서는 모든 길이 안개다

신안 앞바다서 건져 낸

밑바닥 홀렁 가 버린 옛 배의 고물

김현 흉상 목덜미서 피는 안개

박화성의 손거울이 밝히는 목포문화원 2층

낡은 안개 계단이 삐걱거린다

어디로 갈까 목포에서는

안개에도 신호등이 있다

멈춤 고요히 멈춤이라고

내 그리움은 어디서 멈추었던가

유달산이 씹는 아귀아귀 안개

무적은 뱃속에서 운다

목포는 항구다

안개 여자다

아랫도리 무거운 목포 누이는

새벽 피로를 붉은 장미인 듯 꽂고

안개 건널목 혼자 건넌다.

옥비의 달

땅콩밭 푸르러
땅콩잎 고랑은 낙동강 건너선다
물길이 감돌아 나가며 불러 앉힌 기슭은
푸른빛 더 푸르게 당기고

서서 웃는다 옥비
여름 묏줄기들이 한차례
키를 낮추는 늦은 한낮
세상 여느 달보다 먼저 뜬 달

1904년 음 4월 4일에 난 시인이
1941년 서른일곱 때 낳은 고명딸
1944년 네 살 적 아버지
북경 감옥에서 여읜 아이

열일곱 번에 걸친 투옥과

고문이 짓이기고 간 이육사
곤고한 몸 맘을 끌고 요양 아닌
요양을 떠돌 수밖에 없었을 것인데

육사 가고 난 원천
탄신 백 돌 오늘 문학관이 서고
집안 어른에 묻혀 네 살 옥비 걷는다 울며
예순네 살 옥비 웃는다

어디 사시느냐 물었더니
일본 신사
어떤 팽팽한 인연이 놓치듯 옥비를
아버지 죽음으로 먼 나라에 머물게 했을까

형제 여섯 가운데
일찍 옥사한 육사에
둘은 광복기 월북하고 한 분은
경인년전쟁 때 소식이 불탄 집안의 딸

독도 너머 동해
겨울엔 눈이 눈물처럼 쑥쑥 빠지는 항구
치렁출렁 아버지의 무게를 옥비는
어떻게 이며 지며 왔던 것일까

달 뜬다 달이 뜬다
달 속을 울며 걷는 아이가 있다
기름질 옥沃 아닐 비非
간디 같이 욕심 없는 사람 되라셨던 아버지

아버지 여읜 네 살 옥비
세상 여느 달보다 환한 낮달
일흔을 넘겨다보는 한 여자가
동쪽 능선 위에 고요히 떠 있다.

저세상에 당신에게

　저세상에 아름다운 꽃밭에 편히 계시는 줄 알고 잇습니다 우리가 스무 살에 만나서 좋은 일도 만앗지요 그러다가 내가 잇달아 딸을 만이 나아도 당신은 한 번도 내게 성을 내지 않고 언제나 이 나를 위로하고 아께 주섯습니다 밥이랑 미역국 잘 먹으라고 늘 시켯습니다 내가 딸을 놓고 또 딸을 놓고 잇달아서 딸 놓아도 말 한마디 없어시고 기분 나뿐 소리 한 번도 하지 안 하고 좋은 말로 위로해 주시던 당신이엇습니다 그러다가 아들을 놓앗지만 장가도 보내기 전에 당신은 저세상으로 먼저 가시서 얼마나 서러윗는지 모른답니다 나는 오래 살아 아들 장가보내고 살다 보니 좋은 일도 만이 보고 자식 효도도 받고 있는데 당신이 생각날 때마다 눈물이 앞을 가립니다 언젠가 나도 당신 옆에 갈 때 이승에서 아이들 잘 키우고 왓다고 자랑 자랑할 것입니다

　　　　　2003년 1월 22일 밤 아내 박악이가.

곤달걀

둥근 알이 알답듯

오가는 사람 발소리 둥글게 엿들으며

곤달걀은 고요하다 가게는

쪼그려 앉을 나무 의자 다섯

한때는 유정란으로 환한 횃대 구름 꿈꾸었으나

지금은 무정란보다 못해 약한 불 솥 안에 익어

쌓였다

안 생긴 것은 한 주일에 노른조시 흰조시 입술을

섞었고

생긴 것은 세 주일에 날개털 발톱이 잿빛 벌거

숭이

여주인은 가끔 물기를 끼얹으며 몸을 굽힌다

논둑을 절뚝이며 가는 중닭 시늉이다

지게다리 무겁게 오는 오리 시늉이다

삼십 년 곤달걀팔이 외길이었다

앉았다 가는 이도 그렇다 신끈에서부터

허기를 묻힌 이가 소금간을 보듯

허리를 굽히고 앉아 곤달걀을 깐다

곤달걀 닮은 이가 곤달걀 씹는다

안 생긴 것은 천 원에 여덟 개 생긴 것은 네 개

곤달걀은 헤엄치듯 배를 내밀며

따뜻한 물속 해바라기라도 즐기는 것일까

어릴 적부터 들어설 문 보이지 않는 달걀이 좋
았다

오로지 깨져야 벗을 수 있었던

그 슬픔을 나는 짐작한다 울기 앞서

조각조각 여민 웃음

대전역으로 가는 시장길 끝에는

남루를 안친 곤달걀 가게가 존다.

이별

산산이 하늘 따로 높고
골골이 물길 따로 멀듯

사랑이여 우리
그렇게 헤어지자

바깥으로만 닳는 뒷굽과
기우뚱거리는 그리움

아픈 어금니를 혀로 달래듯
나는 그대 밀어낸다.

쿠쿠

그 밥통 어디서 고쳤습니꺼 밥통

위쪽 8번 입구로 나가면……

거기서는 쿠쿠만 고칩니더 쿠쿠

곁에 할메가 방금 앉은 맞은쪽 아지메에게 묻는다

낡고 누런 보자기 밥통

지하철이 서자 쿠쿠 왼쪽으로 쏠린다

배 밖으로 나앉은 슬픔 같다

퇴근길 지하철은 기웃거리지도 않고 달리는데

쿠쿠를 내려다보며

밥짐을 뿜는 두 사람

어디서 고장난 밥통처럼 식어 왔더란 말인가

어느 사랑 어느 발밑에서 마구 다쳤더란 말인가

쿠쿠 쿠쿠 누구 것이나

밥통은 다 쓸쓸하다.

연변 나그네 연길 안까이

점등

제 안에 등을 하나씩 켠 까닭인가
해붉은 기러기 알
기러기 알을 쟁이고 앉아 수상시장 구석
늙은 내외가 기러기 죽지를 퍼덕인다

오래 끓인 슬픔이 있었다는 뜻이다
멀리 젊음은 밀어 보내고
조용히 식었더란 말이다
기러기럭 기러기 보이지 않는 연길 들녘

수원 평택으로 아들 며느리 떠나고
오늘도 기러기 둥지 낮은 방에서 푸석
이부자릴 시름인 양 편 채
두 손자 재울 그리움.

밤기차

느린 기차를 타고 여름은

더 느려진다

느린 기차는

봇나무 숲숲 건너

차창 멀리 아파트 불빛이

옥수수 알처럼 부서지는

로수하*

깜깜한 마을을 지난다

느린 기차는 느린 여름

어디선가 송화강 물길을 만난 것 같기도 한데

낮고 또 멀리 밤은

그 많은 바퀴 소리를 어디로 실어 보낸 것일까

일찍 깬 역무원은 두리

두리번 등을 흔들고

느린 기차 느린 여름은

로수하

어젯밤에 내려선 저를 벌써

그리워한다.

* 로수하(露水河) : 길림성 백산시 무송현의 마을.

보시 염소

산에서 내려온 듯한 다섯
한 마리만 마구 어리다
둘레둘레 뒤웅뒤웅 엉덩이 뽐내며
새벽을 걸었을 가족
먼 태암 골짜기 따라왔을까
청다관 등성일 탔을까
연집하 물가 수상시장 가까이
두 젖통 비비적거리며 선 채
아침을 오물거리는 염소들
주인은 자랑차게 젖을 낸다
오늘 여러 사람이 얻을 수 있으리라
페트병을 든 몇이 줄을 섰고
먼저 산 이는 젖을 내어 준 염소 앞에
여물을 놓고 돌아선다
주받는 게 사는 이치인데
따뜻한 젖을 베푼 염소와 이제

베풀기 위해 오물거리고 선

네 마리 모두 의젓한 낯빛이다

집안 우리에는 이들 웃대가 될 놈이

기다리고 있을 게다

아침 보시하고 돌아온 녀석들에게

등배를 두드려 주리라 수고했노라

이 아침 길 바쁜 수상시장 한 곁

어느 마을 염소 한 가족

홀쭉해진 두 젖을 늘인 채

먼저 짠 염소는 우두커니

시장 쪽 사람들을 본다.

조양천

마을 이층 숲
참나무 그루터기에 앉아
하양 여우가 존다
배달말 깨우친 누나와 배우는 애토끼
귀엣말 조심조심 걸음 옮긴다
마을 이층 숲 누가 들렀나 누가
한국서도 멀리 부산서 온
너구리 아저씨
여름 물골에 부들처럼 무성한
천자문 배우기 배달말 배우기 책고랑 따라
걷는다 살몃살몃
아침부터 한낮까지 동무들
와도 그만 그만 안 와도
여우는 졸음을 살대발처럼 내렸고
마을 이층 숲 계단 아래로
삼월 고슴도치 찬바람이 구른다

마주 선 소학교와 중학교 사이

전깃줄을 뛰는 참새 떼

양조장 굴뚝은 볼 부어 붉고 높아

집집 지붕 더 눌러 앉힌다

기차역 폐품장 흐린 담길은

부스럭스럭 수수 밭머리로 고개 돌리고

근들이술 두 집만 일찍

등을 밝힌 채

저녁 고양이 기다린다.

개산툰 구월

모아산 질러 넘다
왼쪽으로 내려 서면
화룡에서 룡정에서 너른 평강 들 타고 내린
해란강 걸음걸음
고요하다

동성진 너머 리민 너머
옥수수 키잡이로 서서
파랗게 쏘다니는 구릉 마을
집들은 산협의 가난을 풀풀 날리고
창유리 깨진 틈으로 도닥도닥
옛말 드난다 개산툰

개산툰 구월은
두만강 건너 회령 산천 어디서
오득오득 개암이나 씹는 것일까

걸어 내리고 오르는 시장 마당
지난주 건너왔을 북녘 소식은
어느 집 낮술에 비틀거리고 있을까

아는 이 친척도 없이 나는
이 골짝에 갇혔다
장대교회 붉은 십자가가 국경 철책을 바라고 선
뒹겨장 빛깔 어두운 흙길 따라
룡정으로 연길로 나가는
버스는 그치고

택시 기사 둘 버드나무 아래
버드나무 그늘인 양 빈둥거리는 너머
두만강 수척한 물빛을 숨기며
개산툰 구월은 이제
입을 다문다.

모녀

종아리 닮은 둘이

걸어간다 수상시장 아침

산 게 무언지

한 손에 흰 봉투 한 손에

종이 가방 서로 어깨 나누며

걷는다 인민공원 너른 뜰

의자에 앉는다 잠시

어휴 다리야 엄마가 했음직한 말

딸 답변이 빠르다 앉아요

닮아도 그리 닮을 게 없었던지

종아리 안짱다리

안짱다리 종아리

안경을 벗었다 쓴다 딸은

인민공원 곳곳 버들은 위로 벋고

엄마 천천히 가 엄마 힘들지요

모녀 걷는 길섶 파란 포란 잔디의 귓밥

닮아도 그리 닮을 게 없었던지

작은 키 안짱다리

안짱다리 작은 키

엄마는 딸이 그립고 딸은

엄마가 보고 싶어

멀리 다니러 온 딸을 위해

한 상 차림 마련인 듯 오늘

엄마 맘에 무슨 맛난 정성이 바쁠까

딸은 엄마 보석

보석 딸을 아부시고 아침

수상시장 물 건너

인민공원 숲 건너

남은 길을 나누어 든 채

자박자박 걷는 모녀

엄마 가방 이제

딸이 멘다.

근들이술

조양천 옛 골목
근들이술 두 집
어디로 들까

언제부터 두 집이 같이 놀았을까
세 골목 아래 지금은 닫은 조양천양조유한회사
문 열기 앞서였을까

둥두렷한 독아지에 붉은 술 주 자를 거꾸로 붙인 일은
세월이 낡아도 맛은 어김없다는
쥔장 자랑이겠는데
나는 더 낡은 집에서 62도 두 근을 산다

연길까지 30분
수수 고랑이 흙발로 오가는

부르하통하 물길 내려다보며

버스에 앉아 생각한다

약쑥을 담글까 마늘을 담글까 그냥 마실까

불현듯 술에 해란강

물맛까지 더하면 좋을 듯싶어

주말에는 아침시장에서 두 물이 만나는

연길도 동쪽 끝 하룡 마을

하룡 오디를 살 작정이다

조양천 옛 골목

근들이술 두 근

오디주로 따르면

마냥 길어질

오디 빛깔 저녁.

련화와 제비

련화국밥집과 명월국밥집 사이
최씨전통떡메쌀떡집 옥시* 삶아 파는 김 씨
가끔 들르는 닭곰집 창포동닭곰
배달 무료다

련화국밥집 련화는 아이 둘
친정아버지와 국에 밥을 끓인다
개탕 돼지탕은 좋은데 양탕은 왜 내지 않는 걸까
일찍이 련화네 할머니가
삼합 지나 룡정 거쳐 연길에 들 때부터
양탕이 낯설었던가

상주도 화서 아직
사촌 팔촌 산다는 할아버지 고향은
아버지 목주름 같은 골일까
련화네 시라지장국과 내 씨래기국 사이에

두만강 압록강 물소리 서리고
북송 귀환겨레 맞던 청진항 사람들
추위 발싸개가 떠돌고

1940년 북만주 허깨비 '개척민'으로 들어섰다는
할아버지 기억은 없지만
경상도 구미 허형식 장군을 잡기 위해
낮 부딪칠 구미 상주 농민 송사리마냥 풀었던
왜놈 '개척' 수작 알 리 없지만
련화는 오가는 손 연꽃인 듯 맞고
명월은 갖추 가게를 밝힌다

늙은 걸인이 지나자 련화가
포장밥 한 곽 슬쩍 내주는 일
하루이틀 되풀이한 게 아닌 그 일

오로지 련화가 가꾼 까닭이다
수상시장 민족음식구역이 제비 나라가 된 일도

련화국밥집 앞 천정에만 거꾸로 활짝 핀 우산 넷
똥 걱정이었나 했더니
아뿔싸 안쪽은 넉넉한 둥지
천정 벽 모서리까지 분가한 제비
지지조조 지지조조
이 여름 까불고

공은 세우고 덕은 닦아
공 가운데 큰 공은 사람 살길 밝히는 일
덕 가운데 큰 덕은 주린 이 배 불리는 일이라던가
걸인에다 제비까지 한 식구로 거둔 련화는
공덕이 벌써 건너 소돈대**마냥 높은 듯 싶은데

어느 세월 련화와 련화 집안이
흥부네처럼 일떠서기를 바라며 나는
부끄 부끄럽게 웃었던 것인데

연길도 연집하 큰물 든 뒷날 아침
바닥 장을 비우고 장사들 수상시장

윗길로 올라간 틈에 바닥까지 상을 편 련화네

오늘따라 천정 우산꽃이 가까운 참에

쳐다보고 올려보며 내가 수저를 드니

다른 손도 쳐다보고 올려보며

제비와 인사 나눈다

련화국밥집과 명월국밥집 사이

최씨전통떡메쌀떡집 옥시 삶아 파는 김 씨

가끔 들르는 닭곰집 창포동닭곰

민족음식구역

붉은 따꽃 수 흰 두건을 쓴 채

오늘도 제비 나라 련화는

제비 사람 련화는

지비조아 지비조아

웃음 끓인다.

* 옥시 : 옥수수.
** 소돈대 : 연길 인민공원 뒤쪽에 있는 구릉산. 발해시대 군사 시
  설로 쓰였던 곳이다.

굴뚝은 이긴다

솟을수록 힘찬 것일까
회반죽 옹기로 포개포개 겹쳐
높다란 길다란 목덜미
굴뚝의 정체는 해 질 무렵 안다
집집이 사람 기척 그런데
이 마을 굴뚝은 연기 끊긴 게 더 많다
쳰은 어디로 간 걸까 몇 달 안으로
몇 해 안으로 돌아올 것인가
길림이나 장춘 너머 서울로 떠난 것인가
멀리서도 속을 보여 주는 굴뚝
나 살아 있어 뜨겁거든 중얼거린다
모를 일이다 어떤 집은
옹기 대신 네모 나무통을 올렸다
그래도 지치지 않을 높이
더 솟아 굴뚝이 말하려는 뜻은 무엇일까
오늘 부르하통하와 해란강이 만나는

하룡 두물머리에 서서 나는
예부터 하늘 무서운 줄 알고 살았던
할베의 할베 흰 두루마기 연기
게걸음을 본다
마을 언덕에는 천 년
소나무 세 그루가 섰고
그 아래 집집
허물어지고 쓰러지는 땅에서
견디는 이기는 슬픔.

흥안 진달래

흥안령은 만주에서도 북녘
몽골 너른 사막으로 올라서는 디딤돌 거기
이른 적 없어도
연길 고을 북쪽에 흥안
흥안 있으니 아침
나는 흥안 길 버스를 탄다

말 떼도 앞세울 낙타 일족도 없이
대나무 젓가락 묶음 같이 촘촘한 양회 아파트
아파트 사이를 따르면
흥안 너른 언덕 세 날마다 서는 3 6 9 흥안장
흥안령 고갯마루 먼 한 자리 옮겨 놓은 듯
홰에서 갓 날아난 달구 새끼마냥 나는
달달 장마당을 도는데

검은 흙바람 흥안은 어느 때 흥안인가

지금도 아홉 해나 옛

몽골 다리강가 으뜸 오름에 서서 나는

씀바귀 엉겅퀴 보라꽃 송이송이

소낙빈 양 뿌리는 하늘을 본 적 있으니

흥안령으로 만주로 내리벋은 들은

쓸쓸하지 않았는데

흥안령 오르기도 앞서

흥안장 돌아내린 나

그 길가에 몽우리 진달래

서너 묶음 꺾고 앉은 할머니

진달래 뿌리처럼 거친 몸매로

오가는 사람 쳐다보며 가지를 들어 보이는

이 흥안령 고갯길은 왜 쓸쓸한가

한 번도 머물지 못한 슬픔

한 번도 떠나지 못한 이별

할머니는 연길 둘레 어느 골짝에서

4월 14일 중국 진달래절을 맞아

눈 이쁜 소녀가 찾으리라 여긴 것인가
굽어도 더 굽을 데 없이 바닥에
붙어 든 진달래 꽃가지
남은 숨소린 양 망울망울 가늘다

아 홍안령 홍안령 찾지 마라
봄도 사월 홍안장 진달래 꽃행상을 아는가
다발째 고인 한 삶
나는 아직 홍안령에 오르지 못했지만
오늘 홍안장 언덕에서 만나 다시
헤어진 할머니 곰배 허리와
가는 진달래 꽃가지 한 길이
앞으로 내가 넘을 홍안령인가 싶어
이리 보고 한참
저리 보고 한참
건넌 쪽에 섰는데

홍안령도 홍안 3 6 9장
사람들 바삐 오가는 속에서

진달래 몇 묶음 힘겹게 팔락이는 웃음 보면서

나 또한 먼 아침 가까운

저녁을 생각했는데

진달래에

금달래에

다시 진달래

할머니 피었다 진 자리

이 봄 더욱 간 봄처럼

혼자 기억할 꽃동네 한 골목이

3 6 9 흥안장

흥안 언덕에서 펄떡거린다.

부암촌 바라보며

멀리 보면 깊어도

바투 이르니 짝짝이 용틀임하는 마을

지난가을 옥수수 대궁이 죄 누운 밭은

땅심 약한 탓이 아니다

어느 집 아바이가 돌보는 소

스무 남짓 그들 쉬 먹도록 베푼 일

지난주 북서풍 추운 바람에도 굿굿이 태어난

한 달바기 송아지 배를 깔아

느긋이 땅심 익히도록 도운 일

고구려 성터가 남았다는 성자산 올려보다

해란강과 부르하통하 한몸으로 물길 잡는

흘러흘러 두만강으로 눈길 보낸다

너른 해살받이 실타래 마을과

마을을 묶은 무명실 긴 길

저 골짝 실북 오가듯 지컥지컥 짠 세월 얼마일까

저 실 기운 눈물 산천은 또 몇 굽일까

생각하고 생각하다 걷다

문득 돌부리 찬다.

진주도 정가라니

어디서 떠났는지 모르지만

진주 정씨 본관에도 없는 이름을 되새기는 것으
로 보면

진주 위쪽 산청 함양이나 그런 곳에서 짐을 쌌을
집안

쉰여섯 그이는 형제 넷에 맏이는 정신이 온전치
못해

날마다 머릿속에 개구리 기르며 개구리 행색하는
사람

가끔 고향에 가면 마을길을 논바닥 기듯 오가고

서울로 떠난 셋째는 어느새 연락도 걱정도 끊
은 채

아이 하나 대학 나와 살림을 차리고 산다니

더 다칠 일 없을 사이 아니 좋은가

그래도 연길 바닥에 남은 동생

사는 동안 챙겨야 할 그 막내가 지난해

무릎 위부터 비워버린 일은 이미 아는 일

본디 안도에 들 때부터 증조할아버지 할머니

어디서 온지도 모르고 이 마을 저 마을

겨레 끼살이 그도 어려우면 다시 일어서

끼리로 모여 들고 떠돌기 여러 차례

안도 물가에 묻혀 살다 할머니 묻고 1966년인가
1967년인가

큰못 만든다며 마을을 일으켰을 때

룡정 로투구로 쫓겨온 할아버지

다시 로투구에 할아버지 아버지 어머니까지 묻혔
으니

거기가 고향 거기 형 혼자 남기고

막내와 둘이서 연길 바닥을 도는데

그이 또한 나이 탓에 다리가 자꾸 접혀

어느새 해 질 녘이면 흥안 언덕배기

꼬리릭 꼬리릭 홀로

먹개구리 소릴 낸다.

내가 지은 옥수수는 고개 치벋고

내가 지은 옥수수는 고개 치벋고

옥수수 자루 자루 칼 찬 왜놈 병정처럼 고개 처
들고

내 농사가 내 것 아닌 세월

주가 도안 두 곳 다 건너 만디 포대 두어 감시하
면서

합천 예순 밀양 마흔 집

대구 서울 도문으로 딱 들어와 백 호

합천 밀양이 한 기차 탔는데

처음 들어와 막을 지어 잘 수도 없어

먼저 화전 들어왔던 겨레의 곁방 끼살이로

막 짓고 거적을 내어 물을 끓였는데

밀양은 읍내 삼랑진 무안 덩거정띠기 청도 사람

큰집 작은집으로 혼례도 다른 곳에 보내지 않고

고향에서 살 적부터 없는 살림에 입 하나라도 줄
이느라

딸 자식 일찍 보내 버려 이곳 와서는

예닐곱 여덟 살 시집 보낼 만한 처녀는

볼 수가 없고 열대여섯 소녀들

아들딸 다 있는 집에서는 딸 먼저 보내면 아들
장가 들이기 힘들어

세 집에서 삼각으로 아들딸 바꾸어 주가 마을 등
너메 도안 마을

그러구로 사돈 맺고 살아온 지 여든 해

세월 흘러 밀양 사촌과 만나

일본 동경으로 편지해 1988년부터 한 주일 방송
해서

또 찾아서 1990년부터 갔다 오가곤 했던

밀양군 무안면 동산리

거기서 큰집은 남고 작은집은 만주로 세간 떠내
려 보낸 일

아버지 혼자 들어와 이른바 개척민

왜놈 병정들 이밥 처먹으려고 만주가 살기 좋다
하니 들어왔으나

숯 굽고 밭도 치고 그리 살았던 날들

비탈에는 밭이 갈대숲에는 논이 풀렸다

아글타글 낮에는 달려드는 등에에 뜯기고

아우성치는 밤 모기에 물리면서

박달나무도 쩍쩍 갈라지는 추위

처음에는 산종 뿌리기로 벼를 키우다 다시

모내기로 바꾸었던 세월 몽땅

건둥치기 개간 개간이었는데 먹고살아야 하니

왜놈 아새끼 병정들 건너 산에서 홍군과 얼마나
싸웠는지

연길로 도문으로 패잔병 달아나고

그 뒤로 소련 홍군이 들어와 가을에

백 명이 총을 까꾸로 메고 떠나고

토성 밖에서 묵을 거 돈 내놔라

훈춘으로 도망치며 총 들이대 도둑질해 가져가고

주가 마을에서는 왜놈 비행장 레이더를 뜯어

학교 난로를 만들고 다행히 한족과 사이 나쁘지
않았지만

우리는 개다리를 한 것도 없는데 한족 새끼들

오랑캐로 잘못 보아 다 죽이려 들었는데

피신을 갔다 산으로 다시 돌아오기도 했는데

왜놈이 먹는 것도 낮게 주고 이른바 이등 신민
으로

한족과 차별했다고 한족은 논농사 짓나 밭농사밖
에 없는데

퀄안 책임졌던 권력자 천병군 서북에 천병군이

막아 주어 대공을 세웠던 사람

끼살이로 몸을 붙이고 지은 집자리

1948년 가을에 정만구 대목수 한 집이

먼저 도안 웃마을에서 내려오고

1949년도부터 한 집 한 집 끝난 지가 1951년

초가로 지어 여름은 더워 말도 못해

동삼에는 영하 삼십오 도 주가 마을도 집 짓기
시작해 같이 내려오고

내려와 잘 먹고 잘 살자 한 것이 숭년

몇 집 나갔다 돌아오고 갔다가 이사 오고

왜어는 배우다가 못 듣는 말은 없었는데

맨발로 학교 다니고 중학교는 안도로 연길로 나
갔지만

공부도 못해 농사 짓는다고 필업은 했는데

장개석 군대 모택동 군대 싸움은 비껴가서

한글이래야 1949년도에 조선학교 필업생이 가르
쳐 준 일

말도 못해 그때 학교도 더워서 맨발로 댕길 수
없어

한데가 더워 다락을 만들어 그냥 산 시절

1947년돈가 1948년도에는 장질부사

아들 한 살 두 살 홍진도 약이 없어 상사 나고

장질부사가 씨리잽이할 때 아버지 쉰넷에 돌아가
시고 1953년

누구 집에도 못 가고 열병이라 한정없이 죽어 나
갔지

1952년도에 소학교 필업하고

형은 항미전쟁 가고 1953년 칠월에 중국에 와서
치료하다 사망

자식이 셋이면 둘째부터 무조건 전쟁에 나가야
하는데

열아홉 살에 동북전쟁부터 형이 나가고

조선까지 해방시키러 갔다

1949년도 중화인민공화국 섰는데

시월인가 살아 있는 조선 군인들 모두 조선인민
군으로 편입시켰지

1950년 6월 25일에 조선전쟁이 터지고

전쟁이 터지기도 앞서 벌써 조선에 다 나가 매복
해 있었어

산에 딱 붙어 있다 6월 25일 되자 공포되자 부산
까지 내밀었지

중국에도 포탄이 떨어지자 항미원조 내세우며

세 갈래로 디밀어서 휴전선까지

두 개 나라가 열여섯 개 나라를 싸워 이겨서

다 못 먹고 휴전선 안 끊었나

공동묘지 자리는 1947년돈가 1948년도에 서기
시작해서

자식들은 팔구 할 모두 한국 가버리고

고향은 다 잊어도 그것도 그렇지 여기서

농사 짓다 1957년도 백산 임장에서 일곱 해 있다

합천 사람 밑에서 일하다 북조선이나 구경 가자

두만강 건너가 한 구월까지 있다 왔지

북조선에서는 통행증 없이 건너갔다 왔다 그랬
는데

변강 부대도 놓아 주고 1960년대 갔다가 돌아
올 때

북조선으로 가는 사람 많아서 한국보다 더 좋고
최고였던 때라

주은래가 소련 애들 빚 갚는다고 어려울 때

여기서 사람 막 죽어 나가고 할 때

건너가고 할 때 물이 져 어지간해도 물살에 감겨

삼합에서는 두 백 미터 넘는 길로 건너갔다 얼마
나 죽었노

그물로 사람을 건졌는데

주덕해 있을 적에 원래 천지가 중국에 앉았는데

원래 7분의 3이었는데 주덕해가

3대 7로 변경선을 되게 들여 쳐서 주 버렸지

나이 많거나 젊거나 북한 나갔다 다 죽었고

못 먹어서 콩깍지 부셔 나무 껍질 해서 먹고

싹 다 가져가고 먹을 것도 없고

창고 쌀도 마음대로 먹을 수 없고

농업 협동화도 조선 사람은 조선 사람끼리

한족은 한족끼리 마음 맞는 사람끼리 두 개 대를
만들어 있다가

중앙에서 인민공사로 넘어오게 되어 소조는 다시
세 개씩

1956년도 1957년도 향으로 넘어가 향에서 수출
하고 농사 짓고

향이 지나자 다시 인민공사는 다 같이 하게 되어
있었다

지금은 살기가 나아졌지 나라에서 노인들 돈 주지

의료보험 좋지 10분의 7 해 주고

아내는 보호국 있을 때 알게 되어 1964년

열여덟 살에 만나 이도백하 내려와 살았지

삼지연으로 해갔고 백 호가 내두산에 사는데 친
정은

북조선에서 도망해 와 온 게지 류민이지

혼인해서 여태까지 살고 있고

입업장 한족이 꼴라방정 꼴라방정 더러버서

내 농사 땅 파 먹으러 왔지 새마을

2000년까지 짓고 말았지

한국에 왔다 갔다 호적이 거기 있다고

국적 다 했다가 조상 산소도 있고 그래도

포기했지 확인 전화 왔더만 내가 모른다 해 버

렸어

안 들어갔다 임시 국적 다 나온 상태에서

딸은 한국 국적으로 되어 있고 중국도 있고

앞으로 선택하게 되지

도안은 모두 조선 사람

들어온 사람들 다 사망되고 없어

지금은 북한에서 이사 온 사람들

평생 여기서 나서 평생 여기서 사는 셈이지

그렇게 된 기라

한국 국제전화

딸은 박미란 창원에서 간호조무사

제일 힘들었던 일은 내 전화는 들어가는데

큰집 형수가 안 받더라 아이가

아내도 지난해 세 번 올해도 세 번

연변병원까지 갔다가 예순 할머니

죽는다고 굴굴거리더니 지금까지 살아났어

이게 다 사촌 형이 해 준 것

한국에 놀러 여러 번 가면서 일도 하고

팔월 추석 때도 가보고 사촌 형은 잘했어요

생활이 다들 곤란해 대학 다 필업했다 해도

이제 남아 있던 편지들 태웠지

요번에 편지 다 태웠어

필요 없다 이제 누가 볼 것도 없고

1985년도 친척 찾는 것 편지 왔다 갔다 한 내용들

에이 잘난 편지하고 다 태웠지

아버지는 여기서 산소 내고

우리는 이제 묘 안 써

날리삐야지.

소영진 종점

　연길도 버스 종점은 연길역 연길서역 모아산 소
영진
　그 가운데 소영진에서도 더 드는 길
　걷다 두고 다시 가로 벋는 길
　겨울 막바지 언 쥐와 뜯긴 비둘기가 잿빛으로 함
께 마르고
　자전거 문득 지난다 허물어진 막사 녹슨 자물쇠
　비닐집 쑥갓 상추 오글조글 파란 어금니 윽물고
진저리친다
　종점에서는 집 팜 집 세줌 팔고 줄 딱지만 흐린
낯빛
　겨울이라 부르하통하 방둑 나가는 아이들은 보이
지 않고
　느릿느릿 걸음에 등발 여윈 무덤이 수두룩 걸린다
　거기 비에 쓰기를 최에 조 강 씨
　그들 모두 배달말에 중국말을 섞고 살았던 사람

흙무덤 꼭대기로 지난 설에 얹고 간 종이돈과

그걸 눌러둔 주먹돌 벽돌이

아버지 어머니 병석으로 달려와 이마를 짚던

아들 딸 손자들 손등마냥 따뜻한데

그 가운데 어느 한 목비

검은 비명 날아가고 백비

백비 아래 짓무른 배 사과 하나

소영진에서도 여기가 참된 종점

종점에서도 한참 더 들어선 곳

그래서 그런지 소영진 종점에서는

얼굴 지운 이들이 잠시 잠시 한길까지 나와

나가는 버스를 기다리고

슬픔을 껌벅이듯 붉은 외등이 서서

삐죽 고개 내민다.

명태는 찌고

원래 한 채 두 집이 나누어 살다 뒤에 와 한 집이
한 채
일흔 집 서른다섯 뒤에 와 이제는 독집으로 지어
웃대 사진이고 글발이고 하나도 없어
며칠이나 걸렸는지 합천서 나와
할아버지 대구역서 왜놈에게 맞아 아픈 몸으로
도안골 들어
시름시름 한 해 만에 돌아가시고

줄 지어 성냥갑 집이 가로세로 한 채에 두
세대씩 한 세대 방 한 칸 부엌 한 칸에 살고 마
을 둘레에는 꼬지개덩이로 토성을 쌓고 토성
네 귀에 포대를 세웠는데 마을은 십자 길로 네
등분 중심에는 높직한 망루 망루에는 레루 토
막을 매달아 종 대신 쓰고 마을에는 괴뢰 만주
국 경찰이 몇 놈 와 있었고 마을 사람으로 짠

자위단이 밤마다 번갈아 경계를 섰고 만척회사 놈은 토비를 막기 위한 일이라 말하지만 기실 이민들이 달아나지 못하도록 감시하고 항왜련군과 오가지 못하게 하느라 그런 집단부락을 만들고 보초까지 세우고

왜로와 만주국 놈들은 너무 센 공출 임무를 안기였고 이민을 통제하고 항왜 토왜 유격대의 래왕을 막기 위해 사오십 리 사이에 경찰분주소 세 개 철도경호대분주소 두 개를 세우고 촌에다는 촌공소 협화회 흥농합작사를 세워 못살게 굴었는데 이민들 가진 모든 것 논 밭 집 부림짐승 농기구 죄 만척회사 것이였고 지어는 그들 몸까지 만척회사 소유나 다름 없었는데 혹 달아났다 붙들리면 본디 살던 마을에 끌려와 죄인 취급 당했는데 죄명인즉 만척회사 빚을 갚지 않았다는 것인데 빚은 자꾸 새끼 쳐서 갚아도 다 갚을 수 없는 것이었으니 이민살이 하기만 하면 대대손손 왜놈 노예 신세 면할 수 없는 것이어서*

제사 지낼 때 진설한 것 나물을 많이 놓습니다

도라지 고사리 콩나물 산나물 그것은 꼭 있고

돼지고기 명태는 쪄서 놓고 문어 낙지 그런 것이
여기선 없지

과일은 포도 좀 심고 돌배 좀 심고 영정 사진도
놓고 지방을 읽고

아버지 돌아가시고 오라버니가 다 썼는데

태우고 그랬는데 이제는 못하고 막걸리 놓고 비
빔밥 해 갖고

남자들은 술 마시고 여자들은 비빔밥 해서

추석에도 설에도 아침에 딸들이랑 와서

할메인데 와서 떡국 끓이는 데 와서 인사하고

조상 제사 모시고 아침 할메 할베 제사까지

오라버니가 한가위 앞에 가서 벌초했는데

지난 새 다 돌아가시고

저는 모른답니다

벌초는 합니다

한국에 간 사람은 부모 제사에 못 오니까

한족에게 돈을 주고 벌초해 주고

과자 과일 사다가 던지고

지금 시대가 확 바뀌었습니다.

* 김용두, 「상지현 어지향에서 이민살이」, 『결전』, 민족출판사, 1991, 16~19쪽.

변강이라는 말

셋 다섯 열 스물

구르마에 오르고 밀며 골짝 벌 넘기며

짚신 헝겊신 깁고 싸맨 발품으로 물을 따르며

흘러 흘렀던 바람아 세상에

헐벗고 더러운 일 하 많아도

가진 놈 누리는 치들 밑에서 더 견딜 수 없어

여름 큰물로 뛰었던 바람아 상바람아

압록강이 넓어도 건너면 타작 마당

두만강이 깊어도 헤면 걸음 멍석

흘러 넘치던 월강 월변의 안개 걷고 선

버드나무 진펄밭에 물길 내고 둑을 지어

사월 오월 벼꽃처럼 환하게 웃음도 키웠건만

세상 더러움은 참을 수 있으나 주림은 이길 수
없어

사람인지 짐승인지 가랑잎 같이 앞뒤없이 뒹굴며

어려워도 죽기보다 더 어렵다 하겠나

옮겨 참고 다시 모여 살았건만

그 또한 헛되다 잊고 말 일인가

내세울 명분은 흔하나 지킬 정의는 적고

나눌 예의는 많으나 버틸 용기는 보이지 않는 곳

변경이란 무슨 닭다리 개 싸움터인가

남길 일도 들출 기억도 없이

흩어져 쓸린 세월은 무심하여

조선족 한족 핏줄기 경계가 있기는 한 것인가

나라가 무릎을 꿇을 때마다 변강으로 월경으로

흐르다 밟혀 찢겼던 울음

산다는 일은 이리도 무심한 헛걸음인데

저물녘 쓰레기통 뒤지는

저 그늘의 행색이야말로

변강의 꼭뒤라 할까.

화룡에서 흰술을

화룡시장 식당가

낮은 탕집

두 집안 젊은이가 선을 본다

그 아버지와 어머니는 아들을 사이 앉히고

어미 없이 큰 듯한 딸은 고개 숙여 탕을 뜬다

아버지는 사위가 될지 모를 그 아들

맥주 첫 잔이 즐겁다 어머니는

앞자리 딸이 며느리로 좋이 차는 듯

젓가락질 가볍다 두 집안은 몇 대째

화룡에서 연길에서 모른 듯 살아왔겠지만

앞으론 연길 한 공원묘지에서 만날 일을 꿈꾸는

지 모른다

세 병째 맥주가 비고 웃음이 길어져

딸의 동생까지 와 늦은 인사를 올린다

선자리가 혼롓날 같다 그 어머니는 양탕을 더 시

키고

딸은 부끄러움을 젓가락처럼 쥐고 앉았다

딸 손등으로 아들 눈길이 자주 얹힌다

고추 장아찌에 절임김치 차림이지만

포기포기 달리아 꽃자리

화룡도 인천 허씨일 듯한 아들네와

은진 송씨일 듯한 딸네 혼렛날은

돌아오는 시월일까 이제 두 집안은

화룡 연길 한길처럼 죽 곧을 것인가

그 아들과 딸은 백두산 어느 들목

산양삼에 석이를 키우고 집안 처마 밑을

재갈재갈 삼꽃 아이들이 오갈 것인가

화룡시장 식당가

낮은 탕집

향초 그윽한 개탕을 비우며 나는

흰술 벌써 두 잔째다.

도서관 공놀이

김 여사 큰 키 공을 탕탕

높고 넓은 도서관 한낮 오가는 이 없고

책과 나 그리고 텅텅

작게 놀다 크게 놀다 실내 배구 조심스러운 일

처녀 땐 연변대 선수였다 자치주 선수

여덟 번이나 길림성 우승을 했다는 솜씨

웃으며 귀띔 준 망가진 무릎 연골과 갱년기

두 해 정년 뒤면 한국서 수술을 하리라는데

1992년부터 식당으로 공사판으로 떠돈 한국 길

바닥만큼

김 여사 무릎도 닳였을 것이다

한낮 도서관을 도는 탕탕 텅텅

내가 누르는 카메라 차잘 차잘칵

그러고 보니 나는 중학교 때부터 여지껏 일본제

카메라를 들여다본다 올림푸스에서 시작해 소니 잠

시 삼성으로 떠밀렸다 니콘 다시 캐논으로 그리고

보니 내게 배인 섬나라 물맛

　그미 손바닥은 한국 어디 물맛을 으뜸으로 기억
할까

　피라미 쉬리 꺽지

　도서관 김 여사는 어제 큰 키로 웃으며 내게

　부르하통하 해란강 두물머리에서 잡은 물고기를
건넸다 작은 놈들 손질해 찌개로 끓이라는데 감자
에 된장에 처음부터 양념으로 맞춰야 한다는데 한
번도 물고기 장만을 해 본 적이 없다 나

　그미 외가는 함북 길주 구국열사

　어린 아들을 시어머니에게 맡기고 관광비자로 처
음 서울에 들어가 종로 복지여관 들었을 때부터

　사흘 죽은 듯이 지내다 칼국수 한 그릇에 정신을
차려

　다시 불법체류 네 해를 견디기로 작정했을 때부터

　복지여관 늦은 밤 남녀가 응앙거리는 소리도

　무슨 괴롭힘 당하는 무서운 일인가 알았다는 그미

　서울로 경기도로 전라도로 흐르면서

모은 삼십만 원으로 고향 연길 친정 어머니 집까
지 마련해 주고

김 여사 그 뒤로 씩씩하게 살았던 세월을 나는
모른다

슬픈 날 기쁜 날 그리웠을 두물머리 물길에서 아
가미를 다듬은 피라미 꺽지 끓여 저녁에 먹었다

어느 것이 부르하통하 맛이고 해란강 맛일까

그들이 노닐었던 물밑 세상

울컥 밀려 오는 물비린내도 잠시

냄비에다 고추장 된장을 풀면서

하루 하루가 이렇듯 제대로 끓으면 좋으리라 생
각했다

꺽지 피라미 쉬리

한낮 공소리는 서가를 깨우며

모두 해바라기하러 나가라는 신호 같다

책들 옆구리가 들썩거린다

나는 맨 뒤쪽에서 카메라를 들이대고

그미는 들머리에서 공을 들이대고

도서관 두 끝에서 우리는 어쩌면 가락을 맞추는
지 모른다

김 여사는 연속간행물실 거의 차지한 중문계
나는 좁다란 조문계 자리 구석
책 속에서 리극로며 최승희며 딸 안승희며
리인성 조량규가 들락거리고 나는 그 뒤를 달리
는데
그미는 내가 일흔 해도 더 지난 옛 속으로
들었다 나왔다 가쁜 전반 경기를 모르리라

김 여사가 졸기 시작하면
내 책 속 사람들도 존다.

용을 낚는 사람들

백두산 처음 일어선 뜻은

세상 네 모서리가 처진 까닭

옥황상제 그걸 들어 올리려 동쪽에는 백두산을
세웠다는데

기상 높고 자태 예쁘고

아침 해 맨 먼저 떠오르는 곳

사방 오천 리 강토가 백두산 지맥으로 이루어지고

압록강 두만강 송화강 크작은 물골 모두 천지 땅
밑으로 잇닿았다는데

하늘 열린 뒤 하늘에 살게 된 선녀들

무지개다리 타고 천지 물에 오내리며 고와져

열두 봉우리 백두산 천지 용하단 소문 하늘나라
에 퍼졌는데

하늘나라 옥황상제 막내딸 천지물에 내려왔다

씩씩하고 슬기로운 백두산 총각에 마음 두고 혼
인 살림 차렸는데

아들에 딸에 손녀 손자가

손손으로 이웅을 엮고 길을 닦아 두만강 압록강

송화강

또 두만강 기슭으로 벋었다는데

룡드레

화룡

이룡산

용자가 많은 것은 논농사 벼농사 탓

개산툰도 천평 들

상천평 중천평 하천평

곳곳에 샘이 있으나

하천평 샘이 그 가운데 으뜸

심술 사나운 흑룡이 검은 구름 타고 동서로 번쩍

남북으로 벌떡

불칼을 휘둘러 이저 골 물곬을 다 지져 막은 탓에

가물이 들어도 왕가물

마을 사람들 이 걱정 저 걱정 실타랜 듯 감고 있

었는데

영험한 공주가 나타나 흑룡을 이기려면

백두산 옥장천 샘물 마셔야 힘을 얻을 거라 도움
주어

공주와 함께 우죽뿌죽 백두산에 오른 백 장사

옥장천 물을 사흘 마시고 힘이 백 배 천 배

마을로 돌아와 물곬 파는데

한 삽에 산이 하나 두 삽에 산이 둘

흙을 던질 때마다 우뚝우뚝

두만강 첫 동네 물줄기를 찾았단 소식

동해에서 용왕 딸과 희롱하던 흑룡이 듣고 부아
가 나

부랴부랴 검은 구름 잡아 타고 돌아와 뛰어들자

백 장사 흰 구름 잡아 타고 판가리 싸움 벌였는데

공주까지 단검을 던져 흑룡을 괴롭히니

버틸 수 없어 흑룡은 동해로 달아나고

백 장사 파놓은 곳에서 송송

숭숭 달고 단 하천평 샘물

두만강 가 첫 마을 하천평 샘물

흑룡을 물리쳤던 백 장사
백 장사 아들 딸 살던 곳
아들 딸 손자 손녀가 살던 곳

아 그런 하늘과 땅 옛말 다 묻힌 채
지금은 하루 세 번 작은 버스가 오가고
국경경비대가 신분증 검사로 막는 길
사람은 먹는 일을 하늘로 삼느니
섬기는 하늘은 무엇이겠는가
남은 것은 기댈 데 없이 푸르먼면 하늘 곳간

한때 호랑이 늑대 날치고 설치던 골
나무는 잘리고 숲은 짓밟혀
바가지 젖은 바가지 마른 바가지 없이
박박 긁어대도 먹을 게 나올 리 없는데
　초가 지붕에 앉은 박덩이만 해라 해마다 자리 틀
었고

깊으면 안개골이요

늪 가라 늪골

두만강 낀 개바닥에 앉았으니 개바닥

큰 소 먹이는 큰소골에다

송아지 기르는 작은소골

중국 사람처럼 구도 촌도 둔도 보도 따르지 않고

고향 이름을 옮겨 리요 동이요 평*

해란강 따라 화룡 룡정이며

룡수평 룡포 룡연 와룡

뿌리든 가지든 어디나 꽂으면 사는

버들로 방천을 만들고 버드나무 사람으로 살자

했으나

가따나 한 해 농사 지어 놓아도

어느 집이나 외통 말라붙는 가난

허덕허덕 살림살이

밤나무 널판 신주에다 빌 것도 없어

두만강이라거니

콩이 잘돼 콩이 넘치는 강이라는 뜻인가

콩밖에 될 게 없는 땅이란 뜻인가

너머 넘어온 사람 얼마든가 두만강

먹을 게 없어 넘고

나라 빼앗겨 남 땅에 살 수 없어 넘고

먼저 넘어온 핏줄 만나러 넘고

넘다가 쓰러지고 넘다

넘다가 넘다

다 쓸려간 두만강.

＊ 구(勾), 촌(村), 둔(屯), 보(堡), 리(里), 동(洞), 평(坪).

동행

지절대기가 개개비

개개비 같아서

룡정 단동 낮때 기차

나는 개개비 갈대집에 든 새벽이었던가

스물일곱은 지절대기 좋은 나이

앞옆으로 흔들리는 찻간에 맞춰 진화

목소리 자주 가파르다

모내기 끝낸 들은 마을을 가둔 채

올랑졸랑 어느 너른 물나라를 세우는데

통화 산다는 겨레 처녀 진화

창밖 내다본다

해란강 물길 내려다본다 진화는

어릴 적부터 원추리 꽃나물을 즐겼는지

딸꾹질도 높고 길다

통화는 압록강 너머 서쪽

고조선 적부터 백두산 천둥 소식을 섬겼던 곳

화룡 지나 진화 이층 침대로 오른다

노을이 먼 산발 위로 기엄기엄 타번질 때

봇나무 숲에 든 듯 개개비

진화 잔다 스물일곱 진화는

통화까지 쪽잠을 데려 갈 참인가

백두산 자락 들어서며 덜커덩덩

편자 간 듯 발굽 더 굳세진 기차

룡정 단동 788 기차는

앞으로 열일곱 시간

백산 통화 지나 무순 심양 건널 참인데

벌써부터 나를 개개비

통화 돌무덤 풀섶으로 던져 놓은 뒤

진화만 데리고

꿈길로 밤길로

달려간다.

감기에 몸살

여덟 해 앞서
몽골 올랑바트르 긴 거리에서
길 잃지 말라 아프지 말라
울음으로 보내 주더니

오늘 중국 겨레 자치주 연길시
부르하통하 물가 십칠 층 아파트
나 잘 지내라
챙겨 주려 왔다

스물둘 대학 셋째 학년 구월 십이 일
갓 복학한 나를 만나
소낙비처럼 사나운 세월을 다섯 해나 건너
혼인을 했다 구월 십이 일

남들 오가는 제주도 걸음은 물린 채

불국사로 감은사지로
신혼여행을 접었던
하룻밤 이틀

그런 나를
마흔 해나 따라와 준 여자가
지금 폭죽 이어지는 아래
감기에 몸살을 이기려 잔다

혼자 발 두고 입 두기 어려울까 봐
세간을 놓았다 들었다 하더니
하루 이틀 이레
가슴으로 다 안을 수 없는 슬픔이 누워 있다
영하 십삼 도
스웨터에 이불을 껴입고

타이레놀 타이레놀로는 다스릴 수 없는 밤
검은 눈발만 창을 두드리는데

두드리지 마라
이 작은 둥지
감기에 몸살을 감고 누운
느낌표 하나.

오그랑죽

오느라 가느라

오그랑인가

오그라들어 굴러 오그랑인가

오그랑죽* 한 그릇 사다 놓고

숟가락을 든다

이 아침 돈화 너른 못가

신혼 열 달

새벽 붕어 잡이 나간 나그네

어젯밤을 떠올리는 안까이

주걱 든 볼우물도

오그랑 그랑.

　* 오그랑죽 : 팥죽의 만주 겨레 지역어. 오그래죽이라 일컫기도
　한다.

회룡봉 옥피리

두만두만 흘러 두만강 내려 흘러
훈춘도 방천 못 미쳐 경신 땅
살림집 곳곳 살뜰이 껴안고 두렷이 솟은 회룡봉
착하고 부지런한 홍 총각
예부터 집안으로 내려온 옥피리 있어
고된 하루 일 마치면 꺼내 부르곤 했다는데
출렁출렁 장난질 장난도 재미 잃은 동해 용왕이
떠흐르는 옥피리 소리에 마음을 앗겨
거부기를 보내 용궁 풍악 놀이에 쓸 옥피리 구하
라 채근했는데
보물 보자기를 든 거부기 넌지시 총각에게 말하길
듣자니 적적한 몸이라거니
함께 용궁에 가 살 뜻 없는가
세상 걱정 근심 없이 지낼 수 있으리라
거부기 꼬드김을 아서라 홍 총각이 물리치니
차고 온 보자기 풀어 놓고

보석 반지 진주 목걸이 옥구슬

혼자 한뉘 고이 놓고 먹으며 써도 되리라 수두룩

금전 은전 구리거울까지 내놓았는데

옥피리는 예부터 우리 집 보물

아무리 부자 된들 하늘 별 따 준들

내놓을 수 없다고 거들떠 보지도 않았으니

울그락그락 불그락그락 화가 나 거부기

빈손으로 돌아가 용왕에게 혼찌검 겪은 일은 정
해진 순서

내가 손수 가겠다 준비하거라 애들아

이 소문 들은 까치가 부리나케 날아와 홍 총각에
게 일렀는데

용왕 놈이 병졸을 거느리고 옥피리 빼앗으려 들
이닥칠 테니

피하라 옥피리를 간직하고

까치 등에 업혀 홍 총각 한나절 달아났고

키 큰 꽃사슴 한 마리 척 나타나 등에 태웠으니

산으로 산 속으로 한나절 다시 달아난 홍 총각

고얀 놈 뉘 앞이라 고얀 도망질인가

어느새 닥쳐온 용왕 사나운 기세를 뿌렸으나

홍 총각과 꽃사슴 울울창한 숲숲 가르며

미리 보아둔 동굴 속으로 숨어 버렸으니

이윽고 산 속에서 맑진 옥피리 소리

낮다가 높다가 높다가 빠르다 느리다

옥피리 가락에 용왕과 병졸뿐 아니라 둘레

산골 물골 짐승 모두 벌죽벌죽 귀가 일어섰고

거부기 산 속에 대고 옥피리를 내놓아라 이놈아

소리 소리 쳤으나

옥피리 소리만 그윽했으니

진즉부터 속이 뒤집힌 용왕과 일행이 온 산을 뒤

졌지만

모래불에서 바늘 찾기라 노기만 부리며

미친바람 휘몰고 창살 비를 내리꽂으며 날뛰었

는데

그렇다 보니 사품치던 두만강

용왕이 산을 에돌아 맴돌던 꼴로 물골 옮기어

큰 원을 그리며 흐르게 되었고

용왕이 사납게 돌이 치던 산봉우리 일러 회룡봉

두만강 경신 땅 기슭

마을도 산을 따라 회룡봉이라 부르게 되었다는데

회룡봉 어딜 가나 버들 방천에서는

옥피리 소리 들릴 듯하고 마을 사나이

부쩍부쩍 힘이 오르는 봄 여름 아침

동해 용왕이란 어느 때 어느 곳 없이

두만강에서 저 멀리 내리 닫이

라진 청진 원산 묵호 울진 포항 울산 기장까지

동해 동해 시리고 너른 물기슭

예부터 왜구들 해마다 가을걷이 봄 해동 때는 달
려들어

역병처럼 붙던 놈들 새삼

땅을 더럽히고 사람 집짐승을 죽여 내니

질긴 악연 그 분통이 가는 곳곳 보는 데데 전설
을 이루었느니

예부터 동해 곳곳에서 번성한 말

떠내려오는 섬이란 왜구 배

흑룡 적룡 없이 동해 물골에 나타났다 사라졌다

그 숱한 용오름이 다 그러하니

옥피리란 무엇보다 주린 배 채울 곡식

가지런히 피리소리는 그 마음이었던 것

오늘도 번져 누운 두만강 물돌이

휘휘 비틀고 곳곳에

모둠내 벌떡벌떡 나울 일으켜

회룡봉 옥피리 소리 세월을 달래고

어디선가 벌써 사나이에 아주먼네가 다 되어 자란

홍 총각 먼 후손들이 옥수수 자루 자루처럼 자식

을 기르고

밭두렁을 논이랑으로 옮기며

밭벼를 논벼로 바꾸며

두만강 훈춘하 모둠내로 내쳐 흐르는

거기 변강 나그네와 안까이*

누군가의 아들과 며느리였던 얼굴들이

오늘도 옥수수 자루 자루꽃으로

똑똑 또독똑

핀다.

* 남편과 아내를 일컫는 만주 겨레와 함북 지역어.

변명

언덕이면 언덕 오르는 곳마다 풍경은 겸상처럼
부푼다 안다 나는 만우절 아침 눈으로만 가늠하던
강 건너 아파트 높은 공사에 들뜬 언덕으로 달려갔
다 가다 넘고 내려 구릉을 더 타서 과수원 길로 열
고 들자 또 너른 골등 안쪽 다른 사람살이 가지런한
아파트 겹겹 잘 벋은 골목에 개인 단층집 어째 널찍
한 연못까지 마련해 끼리끼리 한 물길을 나누어 쓰
는 모둠살이 뻐기듯 몰려 앉은 마을을 만날 줄 몰랐
다 언덕이고 골짝이고 올라 서면 다가 보면 다른 살
림 다른 놀라움 늘 쟁여두고 있다 안다 나는

책방이라 헌책방 들를 때마다 눈에 손에 익지 않
은 그들을 만난다 연길 동서로 벋은 도시 거기서 봄
을 지피고 사는 여섯 주인 둘은 아버지 아들 가게
없이 좌판 장사 내놓은 책 넉넉한 품이 다르고 둘은
손수레에다 몇 되지 않은 책 그 가운데 한 사람은

아침 시장과 가게를 오가는 젊은이 달리 가게 자리
만 지키는 주인은 때없이 문을 여닫는 사람 그 여섯
가운데 재중겨레는 한 사람에 여자 몇 해 연길을 드
나들며 만날 때마다 가게와 좌판 지날 적마다 못 본
책이 날개를 달고 눈 앞을 훌쩍훌쩍 날았다 훌쩍

　도서관에서도 찾기에 따라 몰랐던 그들을 쉽게
만난다 드러난 것보다 늘 많은 날개를 숨긴 도서관
맑은 못물에 잠겨 반짝짝 허리 머리 건둥치는 피라
미 버들치를 내려다 보듯 낯빛 반갑다 도서관 들어
서는 복도 한 켠에 양회로 빚은 항아리 엉뚱한 크기
에 눈길 주다가는 도서관 속 넉넉한 살림살이 제대
로 보지 못한다 몇 해 동안 멀고 가까운 이저곳 도
서관에 들렀다 비닐 열람증을 참붕어 비늘인 양 매
끄럽게 지갑에 넣었다 뺐다 책장이 물살처럼 갈라
지는 도서관 시원한 서가 골목을 여름 자맥질인 양
했다 여름

　개혁과 개방 바쁜 걸음에 엄지 검지 발가락 사

이 어디라 없이 탈이 났을 것 같은 연변 겨레 사회
거세고 거칠었을 그 동안 들키지 않고 읽히지 않고
살았던 그들 먼지 벌레인 듯 움썩움썩 떨어져 펼치
고 덮고 밀어 둔 너른 탁자 위가 미안해 도서관 일
꾼이 보기에 앞서 팔굼치로 옷깃으로 쓸어내고 닦
고 일어서는 날 지난 세월 눈 밝은 사람들 공부 길
에도 밟히지 않았던 그들을 만나러 드나들었다 복
사에 사진도 어려울 땐 노트북으로 타타 타타 타박
거리며 어느 골짝 콩자갈 밟듯 비오는 봄 황사 짙은
봄을 앉아 보냈다 봄을

　도서관도 나름 혼자 즐거움을 호두알처럼 굴렸던
몇 달 사람도 찾기 따라 반듯한 인연 모난 인연 그
런데 예순도 넘긴 저녁 밥상에 떠올릴 얼굴이 몇 없
다 겉사람과 속사람 첫 낯빛과 다른 꼭뒤 보듯 찾기
에 따라 넉넉한 세상 마땅한 인연이 얼마나 많으랴
만 나는 오십으로 넘어서는 어느 아침부터 사람 찾
기를 접었던 듯 싶다 나를 찾기에도 바쁜 인연줄을
바깥 가지에다 걸쳐 두고 바라고 까욱까욱 떠들 수

는 없었다 몇 철이면 다 마를 못물 바닥인 듯 사람
사귐도 십 년 마디라는 사실이 시리다 시린 그 길
걸어 또 십 년 사람

　세상은 생각과 달리 늘 새로운 즐거움과 놀라움
을 준다 아침에 달리는 연길 언덕배기 마을 끝자락
이 그렇다 중국말 배달말 나란히 달리는 간판이 정
겨운 헌책방 크지도 않은 가게며 속에 많지 않은 그
들이 송편 소를 보여 주듯 따뜻하게 맞는 일이 그렇
다 도서관도 낯선 어느 곳에서나 알려졌건 그렇지
않건 내가 머문 곳곳마다 문득 눈두덩 치는 놀라운
눈매 몸매 그들은 서로 껴안고 깔깔 껄껄 즐겁기도
했다 사람살이도 마찬가지 찾기 따라 산골 마을 어
귀 어느 실하디 실한 느티나무 둥치처럼 그늘 짙고
우람찬 사람도 많으리라 그늘

　내가 언덕을 달리고 헌책방을 떠돌고 도서관을
드나드는 일은 연길 아침 저녁으로 고요한 부르하
통하 물살을 따르기 위한 일인가 돌아갈 집 삼 층

아파트 기다릴 아내를 만나기 위한 일인가 골짜기도 헌책방 도서관도 모두 햇살 자멱질 부드러운 부르하통하 물길 긴 세월 허리띠로 반짝짝 몰려 흐르고 연길에서도 아파트 십칠 층에서 내려다 보는 풍경은 달라지지 않는데 오늘 아침에는 내외거나 연인일 듯한 젊은이 둘 붉은 맞춤 윗옷에 익은 뜀박질로 저 너머에서 오는 걸 보며 나 또한 헝겊신 차림에 뜀질 채비를 마친다 뜀질.

깽그랑 깽깽 문 여소

말이 좋아 개척이지

항왜 반만 광복군 기세 싸그리 태우고 지우기
위해

엮고 처올린 이른바 개척민 마을

하고 많은 개척 단지 가운데서도 안도현 장흥 도
안골

합천군 예순 가구에 밀양군 마흔

사흘을 달려 안도역 기차에서 내린 날이 1938년
3월 25일

고향에서 보리밭 퍼런 고랑 보고 떠났는데

들판이고 산이고 허옇게 덮은 눈

춥다고 우는 아이 죽을 데로 왔다 장탄식 어른

쪽지게에 잡동사니 얹고 아이들 업고 걸리며

거친 사십 리 개판길 걸었다

이르고 보니 집은커녕 밭도 없는 도안골

속아도 이만저만 속은 게 아니어서

한 집에 고작 뜬내 나는 좁쌀 한 마대

세상 세상 이런 거짓말 어디 있습니꺼

이미 지어 놓았다는 집은 밭은 어디 있습니꺼

남의 나라 험한 산골에 울음이 터졌다

이주민을 앉히려 왔던 이른바 총독부 직원 리 아

무개는

한 소리도 못하고 돌아갔고

그래도 양심이 남은 사람 그이 주선으로 해밑에

보내온 농악 한 질에 가마 쪽도리 사모관대 상여

그것들 두고 온 마을 눈물을 뿌렸다

　　깽그랑 깽깽 문 여소

　　주인 주인 문 여소

　　문 안 열면 갈라요

　　어이여라 지신아

　　지신 밟자 지신아

정월 초사흘 참나무 얼어터지는 추위 속에서

만주 도안골 첫 농악이 울렸다

지신 밟기 성주풀이가 오막살이 뜨락 감았다

토막 굴을 짓고 밖에다 솥을 걸고 썩은 좁쌀로
지은 밥

한 치 두 치 일군 밭에서 얻은 보리 강냉이

굶은들 한번 설 어찌 쉬지 않으랴

집집마다 막걸리 동이가 나왔다

타향살이 설에 굶주리는 설음이 정월 대보름까지

농악으로 돌았다

고향 고향이 어디요

고향 찾아 무어 하노

만주라 산골에 갇힌 몸

고향 고향이 어디 있노

흰 쌀밥 배 두드리며 먹을 수 있다던 만주가 지옥

개판 뜨고 논을 풀었으나 벼가 되지 않았다

모를 심는 고향과 달리 산종해 놓으면

볏대가 꼬지개덩이 타고 둥둥 떠다니고

여저기 샘이 터져 벼가 여물지 않았다

고향이 그리워 울고 배가 고파 울고

약 한 첩 침 한 번 써보지 못한 채 죽은 핏줄 상여에 실어 보내며 울었다

드디어 왜놈 망하고 을유광복

꼬지개덩이 마당이던 개판도 한 자리 두 자리

개간이 되면서 샘줄기가 머릴 숙였고

벼농사도 꽤 되었다

만주에 들어온 지 열 해 만에 쌀밥을 먹을 수 있었다

도안골에서는 논 따라 한 집 두 집 버덕으로 내려왔다

1949년까지 마을이 앉자 새마을 한문으로 신촌이라 불렀고

살림이 펴이며 농악놀이가 잦아졌다

설 보름 농악을 단오에도 추석에도 올리고 모를 내며 탈곡을 하면서도 올렸다

문화대격변 때는 복고로 비판받던 농악기들

봉건 귀신 물건짝이라 없애 버렸다 그 뒤

1979년 되살리고 새로 만들고 대용품을 쓰기도

했다

대격변이 가고 이른바 개혁 개방

새마을 농악은 열두발 행미를 돌렸다

탈춤까지 얹었다

쾌지나 칭칭 나네

고향 고향이 따로 있소

양친 부모 모셔다가

처자식이 주렁주렁

정이 들면 고향이지.[*]

[*] 박용일 편, 「연변의 농악」, 『두만강변의 첫 동네 하천평』, 연변인
민출판사, 2011, 251~253쪽; 류원무, 「새마을의 농악무」, 『우리
는 누구? -중국조선족』, 연변교육출판사, 2000, 25~29쪽.

산조 저 김좌진의 딸

산에 살아 산조가 아니라
산에서 나 이름이 산조
때로 작아 작은새 소조라 불리기도 했다지만
아버지 김좌진 장군이 가실 때 겨우 세 살

1926년 말인가 언젠가 흑룡강도 해림에 머물 때
아버지가 모시고 있었던 책사 여덟 분
멀리 한국 아내를 데려오려 두 해나 애썼으나 실
패한 뒤
건강을 염려해 홀몸으로 둘 수 없다며
새로 맞게 한 아내가 제 어머니
열아홉 김영숙

외할아버지는 아버지 고향 홍성 가까이 살다
기미만세의거에 뛰어들었다 왜경에게 맞아 죽고
외할머니 악물고 어머니를 키웠으나

중학교 이 학년 때 돌아가셔서 학교를 그친 뒤
집에는 오라버니와 남동생 어머니
남은 세 식구 오로지 받들던 김좌진 장군을 찾아
물어
물어 만주로 건너왔던 처녀

마침 새 짝벗 찾던 팔로 눈에 들어
1927년 봄 단오 앞두고 혼례 올려 해림에 살았
으나
그해 가을 근거지를 산시로 옮겨
한 달에 한 번도 들르지 못하셨던 아버지
이듬해 봄 만삭에 해산이 가깝던 어머니
얼굴도 비치지 못한 아버지

팔로는 아버지 보살핌을 가까이서 받을 수 있도록
어머니 동산시로 보내기 위해 보호자 붙여 보냈
는데
기어이 벌어진 일 산길로
산길로 가다 새소리에 취해 보호자가 앞선 통에

산통을 느낀 어머니가 혼자 넘길 요량으로

슬그머니 숲속으로 들어가 저를 낳았는데

뒤를 밟던 밀정들 맥없이 누운 어머니

더 깊은 산속으로 끌고 가 잔혹하게

깜쪽같이

죽이고 흔적을 감춘 뒤

아버지와 김기철 강익선 그리고 별동대원 둘

다섯이 동산시에서 해림으로 가다 산속에서

갑자기 울음소리 듣고 따라가 보니

발가벗은 갓난애가 바둥바둥

이어 난도질당한 어머니

아버지는 눈물 한 방울 흘리지 않으셨다 합니다

어머니 묻은 뒤 금방 낳은 핏덩이

저를 강익선이 옷섶에 싸안고 돌아왔으니

아버지는 더욱 격분하여 과묵해지셨고

두어 달 동냥젖으로 키우다 하는 수없이

중국인 집에 넘겨진 저

아버지는 1930년 설을 앞두고 며칠째

고장 난 정미소 기계 밤새 손질하다

새벽잠에 일어나 아침을 뜨려다 뚝

부러진 숟가락 새 것으로 바꾸어 드시려던 순간

돌아가는 정미소 소리가 반가워 뛰어가

방앗간 문을 여는데 김인관 이놈

한 해나 신분을 숨기고 살았던 조선공산당

만주총국 밀명을 받은 놈이 쏜 총에 일곱 척

아버지 부러진 소나무처럼 쓰러진 뒤

해림 일대 산시 일대 백여 리를 훑으며 찾다

마지막으로 고른 곳이 동산시

넓은 벌을 내려다보는 산마루로 하자는 생각도
있었으나

생전에 만주벌에서 추위에 떨었으니

따뜻한 곳이 좋으리라 산기슭에 모셨으니

파헤쳐질지 모르는 일이라 밤낮 지켰던 산소

고국에서는 아버지 아들딸이 모두 요절한 터에

마지막 남은 딸마저 중국사람 만들 수 없다며

저를 찾아오려 했으나 이미

세 해가 지난 뒤라 일이 쉽지 않았는데

먼저 피쌀 두 가마니 가지고 갔다 퇴짜 맞은 뒤

다시 돈을 구해 입쌀 두 마대에

저를 데려올 수 있었답니다

1934년 봄 좌상 정해식 어른 지휘로

아버지 유해가 안전하게 돌아가도록

팔로들이 고향에서 본디 어머니 오숙근을 부르고

전용 짐차로 기차로 할빈 심양 단동 신의주를

거쳐

유해를 보낸 다음 적들에게

파헤쳐질까 걱정하며 세우지 못하고

산소 곁에 묻어두었던 목비만은

본디 자리에 두었답니다

그 뒤 김기철을 양부로 모시고 친딸처럼 자란 저

팔로도 어린 제 안전에 신경을 썼으니

풀은 뿌리째 뽑는다는 말과 같이

유일한 아버지 핏줄 저를 내버려두리라는 보장이
없었던 까닭

해림에서는 김좌진의 딸이라는 것을 아는 사람이
많았던 까닭에

제 안전을 찾아 옮긴 곳이 녕안현 해남촌 싸호리
깊은 산골

팔로는 저를 정성 쏟아 키웠습니다

1936년 제가 아홉 살 때 까닭 모를 병

소아마비 일종에 걸려 죽을 고비를 헤맬 때

열이 오르고 눈이 보이질 않고 목도 돌리지 못할
뿐 아니라

손발도 쓰지 못해 업혀 다닐 때였습니다

팔로는 의연금을 모으고 할빈 연해주 동경 들에
연락을 취했으나

동경에서 두 군데 대학을 다닌 뒤 아버니 책사로

있었던

양부 김기철

아버지 피살 뒤 저를 훌륭히 키우는 일

평생 의무로 여겨 모든 걸 희생하고 묻혀 살았
던 분

익은 왜어에 동지 있는 섬나라로 가길 정해

배에서 내리니 많은 사람 마중 나왔고

그들이 저를 대판 어느 병원에 입원시켰는데

동경에 가서 종합검사 다시 대판으로 와 치료하고

문병하는 이들이 줄을 지었답니다

김좌진 장군의 딸을 구하자면서

돈을 내고 약을 구하고 음식을 가져와

그런 도움과 정성 속에서 한 해

걸을 수 있었고

목을 돌려 책을 볼 수 있었고

반 년이 더 지나 나은 몸

한 해 반 엄청난 치료비와 두 사람 비용은

아버지의 옛 전우와 겨레의 후원으로 이겨낸 일
완쾌한 저와 싸호리로 돌아온 뒤
양부는 친딸을 가리키며 이놈이 아팠다면
왜국은커녕 이곳 병원에도 못 갔을 거라 하셨습
니다

양아버지는 아버지 활동을 위주로 한
신민부의 문헌을 갈무리하고 있었습니다
그뿐 아니라 아버지 한누리에 걸친 투쟁 기록
여느 사람은 무거워 혼자 들기 겨울 자료를
감추는 일이 쉽지 않아
제가 보는 앞에서
일부를 추려 태웠습니다
첫 번째 소각

양아버지는 1946년 3월 말 임종 때
남아 있던 모든 문헌을 넘겨 주시며
이것이 네 아버지 한뉘 기록이다
아주 위급한 상황이 아니면 태우지 말아라

유언하셨습니다

저는 그 문헌 꾸레미를 목숨 같이 여기고
깊이 숨겼다 문화대격변이 터지면서
광복 항쟁에 참가했던 이들이 잡혀가는 것을 보니
겁이 나기 시작했고 무섭게 느껴지기 시작했고
문헌이 드러나는 날이면
저와 제 딸이 살아갈 길이 없을 터였기에

생각다 못해 어느 밤
딸과 함께 꾸레미 헤쳐 살펴보면서
중요하다는 것만 남겼습니다 거의 모두 붓으로
쓴 것
책도 몇 권 아버지 본디 어머니 오숙근이
팔로에게 보낸 편지도 있었고
광복군 노래 스무 수를 적은 책도 있었습니다
「고 김좌진 추도사」에다 여러 사진

사진 가운데 기억에 남는 둘

아버지 신채호 김기철 들들 열둘이 찍은 것과
아버지 리달문 김기철을 비롯해 넷이 찍은 것
저와 딸은 한 꾸레미만 남기고
사진과 이름 적힌 많은 자료를 태워버렸으니
두 번째 소각

그 뒤 대격변의 불길이 더 거세차게 닥치고
집 수색도 엄해져 「고 김좌진 추도사」만 남기고 나머지
보자기 싸서 아버지 산소 뒷산에 파묻었으니
세 번째 손실
아버지 평생 중요 자료가 다 소실되었습니다
오로지 남은 「고 김좌진 추도사」도
십 년 남짓 고이 숨겨 오다
비 맞아 자연 소실되었으니

제게 남은 것은 두 오라버니
양아버지 김기철의 아들로부터 배운 노래에다
팔로가 가르쳐 준 것

「미세 당기세」

「봄이 왔네」 거기다

이름 모를 노래 몇 가락

을유광복이 되자 광복군도 투쟁 대상이 될까

곳곳으로 피란 다니다 흑룡강성 연수현에 자리

잡았을 때

본명 김광숙을 김순옥으로 고쳤고

1949년에는 위정규와 혼인했다 1953년

연수현 가신자에서 목단강으로 옮겨

지금껏 살고 있답니다[*]

산에 살아 산조가 아니라

산에서 나 이름이 산조

때로 작아 작은새 소조라 불리기도 했다지만

아버지 김좌진 장군이 가실 때 겨우 세 살.

[*] 강룡권, 「김좌진의 딸－산조(山鳥)」, 『동북항일운동유적답사
기』, 연변인민출판사, 2000, 13~29쪽.

살아 가도 죽어 가도

나 죽어 저 길
안도 골짝 걸어 연길 도문 들어
다시 남양 건너서면
열 스물 그리 예순 해도 넘긴 옛
회령 어느 아바이 집으로 개가한 어머닐 찾을 수
있을까

나 죽어 저 길
화룡 개울 걸어 룡정 삼합 나가
다시 평양 아래 길 잡으면
열 스물 그리 일흔 해도 넘긴 옛
휴전선 아래 고향길 재혼 살림 아버지 뵐 수 있
을까

전쟁도 벗고 무섭던 문화격변도 가서
할머니 손잡고 자란 내가 소학교 중학교 거치고

안도 임업국 구석 좁쌀 밥벌이할 때

개혁 개방에 한국서 연락 왔던 아버지

그래도 날 부르지 않았던 새어머니 두 아들 세
딸 의붓 형제

다시 만날 수 있을까 할머니 홀로

나와 동생 건지시다 골병이 깊었고

동생은 흘러흘러 수원 어느 식당

조카 병치레로 시름을 깎고 또 깎는다는데 나는

심양 외손녀 학비라도 보태려 옥시 막걸리 담지만

나 죽어 안도 화장장 훌훌 타서

다 못 흩을 무엇이 있을까마는

그 일조차 맡길 이 없으니 혼자 남은 외손녀

어린 옥길이 울며 울며 나를 보낼 때

차마 못 가면 나 어찌하나

할아버지 할머니 어쩌자고 합천 고을 버리고

낯선 만주 벌 끌려와 차례없이 가 버린 뒤

나 또한 딸 하나 아들 하나
먼저 다 보내고 길바닥 나팔꽃
해를 바라 겉만 웃고 섰지만

보소 보소 뒤란 두엄보다 마음 더 문드러지고
장마철 구덩이보다 내 몸 더 무르니
살아 가도 죽어 가도
아버지 어머니 못 만나도
그 넓다는 황강 물에 보름달 띄워보고 싶구려

살아 가도 죽어 가도 인연 없을
웃대 고향이지만
그 물빛 그 산천 한번 울며 섬기고 접네
울 할베 살아와 다시 만난 듯
울 할메 돌아와 다시 안긴 듯.

나는 마음속 대한사람

유월 새벽 인민공원 사람들 몰려나오고
걷고 제기 차고 태극권 둥글게 벋기도 하면서
사슬을 풀었다 묶었다 개도 운동이 좋은데
어린이 놀이터 낡은 놀이기구 사이를 지나
소돈대 오르는 길은 솔숲으로 여럿이 뚫려
사람들 작은 솔방울 구르는 것 같다

소돈대 유적지 낡은 옛날에는
높은 돈대로 아래 동리 보살폈던 곳
오르는 돌벽에 누군가 한마디 희게 새겼기로
나는 마음속 대한사람 아 대한사람 여기에 있었
구나
대한사람 대한으로 길이 보전하세 애국가 속 대
한사람
안중근 의사가 단지한 채 하늘에 써붙였던
나는 대한국인 그런 소릿결인 양 속삭인다

소돈대 높낮이 고른 꼭대기
양회로 새 정자를 만들어 세운 일은
연길에 오래 살았던 이들 살림이
어려웠던 탓이라 생각하니 달리 위안이 되었지만
여덟 개 기둥에 사람들 오간 낙서는 떠들썩하다
나는 너를 사랑해 배달말에다 중국말에다
제 얼굴까지 그린 솜씨도 씩씩한데

잘 뵈는 기둥 버리고
다듬돌 바닥 탕탕탕 밟아 오내리며 사람들
눈길 주지 않을 돌벽에 적은
나는 마음속 대한사람 그 주인은
소돈대 아래 인민공원도 내려 서서 연집하 물가
날날이 서는 새벽시장 칡넝쿨처럼
올날로 섞인 사람 가운데 누구일까

그 가운데 단술을 파는 겨레 아주머니
아주머니 오디 단술 자줏빛 단술 맛처럼

마음 여린 연길제2중학교 졸업생 맏이 아들이
있어
남처럼 심양으로 장춘으로 공부 나가지 못하고
아버지 어머니 곁에 머물기로 작정한 날
저녁에 혼자 올랐다 새긴 것일까

예순 해 옛날에는 반반한 길 하나 없이
가물면 먼지 천지 비오면 흙탕 마당이었다는
연길에서 나고 자란 어버이를 본받아
나는 마음속 대한사람 한 마디를 빗발처럼 세우
며 자랐을
어느 소년 청년을 생각하니
인민공원으로 소돈대로 오르는 길은 한달음이나
내려서는 길은 어느새 한 세월이다.

천녀 분녀

세상도 새삼 아득한 옛날

하늘 나라에서 깬 산봉우리들 백두산 언저리 기
웃거리니

이미 천지 둘레 온데 앉은 큰 봉우리

내릴 데 없었던 작은 봉우리 하나

이저곳 살피다 백두산 동쪽

연변 땅도 왕청현 백초구 만천성*으로 내려앉은
일은

옥황상제와 둘레만 안다는데

아리숭 아리숭한 그제부터 이제 다시 하제로 흐
를 가야하 물길은

천지에서 내려온 백룡이 두만강 물길 쓸고 흐르다

백두산 빼닮았다 소문 듣고 거슬러 와 놀던 자취

물과 메가 내외하듯 떨어져 앉은 만천성저수지에

오가는 사람 없고 옛부터 금이 자란다는 바닥

달밤에는 물밑 금이 끓어 만천성

모를 일이다 배로 건너니 세모 메밀봉 네모 갓봉

늘어서고

거기 너른 꼭대기 알락달락 새끼 호랑이 두어 마

리 뒹굴 듯한 곳

백두산 천녀족 그 가운데 으뜸 고운 천녀

흰 저고리 흰 치마 다듬돌 천녀가 나를 맞는다

인삼꽃 인삼씨 고르고 뱉던 봄 가을 다 보내고

백두산 백 장사 소식을 기다렸던가

금이 끓어 번지는 밤에 붉은 별아기들 썻기고

물안장에 도깨비 태우고 나들이 즐거웠을까

아래로 멀리 활줄 같이 돌아 나가는 물길

키꼴 높은 버들숲은 부림소처럼 물기슭 따르고

뭉치 구름은 사발눈을 뜬 채 이 하늘 저 하늘 간다

벼락치기로 다듬은 듯 우렁우렁 바위 비탈길을

내려와

한달음에 닿은 백초구 한길에 겨레 식당

걸싸게 일 잘하는 낭군과 분녀

천녀 닮아 손부리 영근 분녀가 찢어 주는 개장국

남 나라 남 땅에서 남 술로 취하니

늦가을 추위가 덮어쓴 외투 같다.

* 満天星

연길 아다다

아다다는 아다다

님에게 전할 말 없어

님 맘에 깃들지 못해

눈짓 손짓 그게 어느 강산 펄럭임이냐고

아다다 돌아설 수 없어

아다다는 아다다 답하라 떠밀지만

초여름 연길도 서쪽 트인 들까지

어느 아다다가 어드메 산다든가

아다다는 아다다 노래는 날을 새는데

가슴에 박힌 못자국도 없이

사랑도 지치면 어디 어디로 떠난다는 겨울인데

아다다는 아다다

울먹울먹 검은 눈에

홀로 걷는 연길 밤.

견고한 삶의 장력과 평화로운 삶의 지평
박태일의 시세계

이숭원

1. 초기 시의 세 양상

1980년 『중앙일보』 신춘문예로 등단한 박태일은 1984년 첫 시집 『그리운 주막』을 간행했다. 20대 중반에 등단하여 서른에 첫 시집을 문학과지성사에서 내었으니 화려한 출발이라 할 만하다. 신춘문예 심사평에서 거론된 덕목은 신인다운 패기, 언어 다루는 솜씨, 감정을 가다듬는 훈련 등이다. 상당히 포괄적인 범위에서 시의 가능성을 제시한 것인데, 박태일은 심사평의 내포를 뛰어넘어 독자적인 활동을 전개하여 개성적 시세계를 유감없이 펼쳐냈다. 그 특징은 크게 세 가지로 요약된다. 인간 존재의 비극성에 대한 인식, 삶의 역사성에 대한 자각, 리듬과 형식의 실험의식이 그것이다.

20대 중반의 시인이 존재의 비극성에 관심을 가진

것은 조숙한 일이다. 이것은 시인 특유의 선험적 자의식에서 발원한 것 같다. 삶의 내력을 체험하기 전에 죽음이 그의 감성에 강하게 다가왔기에 존재의 비극성이 주제로 떠올랐을 것이다. 「미성년의 강」에서 시인은 강이 흐르는 강기슭을 "산과 들이 한가지 모습으로 / 무덤을 이루어 있는" 모습으로 표현했다. 이어서 "죽음이란 온갖 낮은 죽음과 만나 / 저들을 갈대로 서 있게 한다"라는 표현도 거침없이 했다. 이런 표현이 나오게 된 심리적 배경은 논외로 하고 나타난 현상으로만 보면 그는 죽음과 연결된 존재의 비극성에 대해 특별한 자의식을 가진 것으로 판단된다. 그의 경험과 관련된 작품은 「그리운 주막」인데 이 작품은 할머니의 장례에서 소재를 취한 것으로 알려져 있다. "그대의 하관을 엿보는 마음이 / 울음을 따라 지칠 때"라는 표현에서 사정을 짐작할 수 있다. 할머니의 장례에서 촉발된 것이라 하더라도 죽음 자체는 추상적이다. 죽음과 삶이 연결되어 존재의 비극성이 하나의 시적 모티프로 자리를 잡는 것은 다음 작품부터다. 그래서 이 작품을 시집 첫머리에 배치했을 것이다.

사람들은 혼자 아름다운 여울, 흐르다 흐르다 힘이 다하면
바위귀에 하얗게 어깨를 털어버린다. 새도 날지 않고 너도 찾지
않는 여울 가에서 며칠째 잠이나 잤다. 두려울 땐 잠 근처까지
밀려갔다 밀려오곤 했다. 그림자를 턱까지 끌어당기며 오리목마
저 숲으로 돌아누운 저녁, 바람의 눈썹에 매달리어 숨었다. 울었
다. 구천동 모르게 숨어 울었다.

「구천동」

이 시의 첫 구절 "사람들은 혼자 아름다운 여울"은 그
자체로 상징적이다. 구천동에 흐르는 여울을 소재로 한 것
인데 그 여울에서 시인은 인간의 존재성을 떠올렸다. 여울
은 그 자체로 아름답고 혼자 흘러도 아름다운 모양인데,
사람도 그러한가? 사람도 혼자 아름다울 수 있는가? 아무
도 없는 여울 가에서 며칠 동안 잠을 잤다고 했으니 그런
독거獨居의 응집력을 생각하면 혼자서도 얼마든지 아름답
다고 선언할 수 있을 것이다. 여울은 흐르다 힘이 다하면
바위귀에 하얗게 어깨를 털고 거품으로 흩어진다. 사람도
그럴 수 있는가? 화자말話이는 두려울 땐 잠의 근처까지 밀
려갔다 밀려오곤 했다고 고백했다. 그는 고독을 표방했지

만, 고립의 두려움을 느낄 땐 잠들지 못하고 번민했음을
밝힌 것이다. 인간은 혼자 아름답고 혼자 소멸할 수 없는
존재다.

오리목마저 숲에 잠기고 나무 그림자까지 어둠에 잠
기는 저녁에 결국 "바람의 눈썹에 매달리어 숨었다. 울었
다"라고 고백했다. 인간은 혼자 아름다운 존재가 될 수 없
다는 의식이 비애의 감정을 일으킨 것이다. 미미한 바람의
움직임, 그 눈썹에라도 매달려 두려움과 슬픔을 떨치고 싶
었다. 시인은 인간의 한계를 절감하고 "구천동 모르게 숨
어 울었다"라고 고백했다. 인간과 자연의 동일화는 젊은
그에게 실현되지 않았다. 두 대상은 통합되지 않는 분리된
존재성으로 그에게 다가왔다. 자연과 화합할 수 없는 인간
의 존재론적 한계가 이 시에 표현되어 있다. 인간이 이러
한 한계를 지니게 되는 것은 타인과의 소외에서 오는 이
질적 존재감 때문이다. 소년기에 체험한 존재의 이질감에
대한 인상은 다음 시에 분명한 자취를 남겼다.

바람에 밀리어 다치는 슬픔은 싫어.

남의 나라 남의 땅 발붙여 선 자리가 문득 이방임을 느낄 때도

참아라 곱게 참아라 가슴에서 달이 되고 해가 되고 별이 되
도록 잊고 잊으라고 조약돌을 날려보지만

나도 없고 너도 없고 고개 들어 부를 아름다운 이름도 없는
성년의 첫 학년

조용히 다쳐 돌아간 내 아이는 어디에서 비를 긋고 있을까.

어쩌면 꿈 어쩌면 흰 베갯잇을 가슴에 묻고 잠드는 아이는
여태 쓸쓸해할까.

만났다가 헤어지고 그냥 돌아서 갈대를 쓸어넘기며

성성한 가을비의 며칠이 지난 뒤

내 말 못하는 아이의 행려를 눈물날 듯 눈물날 듯 아슬하게
놓치며 청년의 한 시절은 고요히 물길을 따른다.

「바람 수업」

소년기에 체험한 이방인으로서의 이질감과 소외감은
"바람에 밀리어 다치는 슬픔"으로 각인되었다. 아무리 참
으려 하고 잊으려 해도 이질적 소외감은 돌에 맞아 눈물
흘리는 통증과 슬픔을 넘어서는 괴로움을 안겨 주었다. 타
인의 공격적 시선에 타격을 입고 "다쳐 돌아간 내 아이"
는, 혼자 비를 긋는 고립의 자리에서도, "베갯잇을 가슴에

묻고 잠드는" 꿈속에서도, 끝내 위안을 얻지 못하고 눈물로 얼룩진 행려의 길에 올랐다. 이 이질적 소외감이 인간 존재에 대한 비극성의 축으로 자리 잡았다. 이것이 그의 시의 행로를 좌우하는 지배소 역할을 하면서 일생의 시작을 관류했다.

존재의 비극성에 관심을 가진 그의 시 정신을 추동한 또 하나의 힘은 역사의식과 결합한 삶의 의지다. 그는 가락국의 유적을 소재로 연작시를 썼고 가락국 마지막 왕 구형왕과 그의 행적에서 소재를 취한 작품을 여러 편 썼다. 이러한 역사적 사실의 수용은 삶의 연속성과 전통의 계승에 대한 의식을 갖게 하고 더 나아가 연속성에 기반을 둔 미래 지향 의지를 표현하는 것으로 이어진다. 그러한 역사적 계승의식과 삶의 의지는 「구강포에서」, 「구형왕에게」 등의 시편에서 확인된다. 야심적 장시의 제목이 「월동집」인 것도 '월동越冬'이란 말을 통해 고통을 넘어선 삶의 의지를 암시한 것으로 읽힌다. 이 시에 나오는 "죽여 죽여봐라고 달려오는 / 노간주 횡렬" 같은 대목은 죽음을 두려워하지 않고 달려드는 불패의 정신을 형상화한 것 같다. 그다음 대목에 나오는 "낮은 솔들이 / 그들 어깨를 껴

안고 있다"라는 대목도 소외된 존재의 내부에서 이어지는
견고한 연대감을 표현한 것으로 읽힌다. 이러한 표현이 협
력하여 미래의 의지를 표상하는 것은 당연한 일이다. 특히
이 시의 끝부분이 다음과 같이 마무리되는데 이 장면은
시인의 내적 의지를 단적으로 표상한 것이라 할 수 있다.

눈 내리어 저무는 이 풍진 산에 들에
시린 손끝 하늘로 물벅구 넘는
칠백 리 한번은 일어설
낙강.

「월동집」 가운데서

산과 들에 눈이 내리고 날은 저무는데 출렁이는 물살
을 넘어 시린 손끝으로 하늘을 가리키는 칠백 리 낙강은
시련의 삶을 넘어서는 인고의 표상이다. 역사적 계승의식
이 삶의 시련을 넘는 극기의 의지로 전환된 것이다. 이것
은 「구형왕에게」에서 화자가 보내는 단정한 표준 어법의
서간 형식을 통해 사실적인 화법으로 제시된다.

저 여기 남아 새로 아이들을 가르치고 그릇을 굽겠습니다 다시 책력을 엮어 고기를 잡고 말리겠습니다 틈나면 뵈러 가겠습니다 시혹 제 죽은 뒤라도 제 자식들이 아들을 길러 당신의 여자를 취하고 자식을 낳아 손손으로 끊이지 않는 인연을 이루겠습니다 안녕히 계시길 빌어드립니다.

「구형왕에게」 가운데서

당신을 기억하는 존재로 남아 당신의 뜻대로 아이들을 가르치고 생업을 이으며 아들을 길러 당신의 여자를 취해 대를 이어 자손을 이어가겠다는 것은 혈연의 계승을 통한 역사의 전개를 의미한 것이며 역사의 계승과 가계의 전승을 함께 이루겠다는 의지의 표명이다. 다소 보수적인 혈연 보존의 사고라 할 수 있겠으나 결국 역사적 계승을 통해 생의 의지를 이어가겠다는 뜻이니 시인의 자세는 충분히 표현된 것이다.

세 번째 특징인 리듬의 중요성에 대해서는 많은 사람의 공통된 의견이 있었다. 첫 시집의 해설을 쓴 황동규 시인이 그의 작품이 "노래의 정수"를 드러낸다고 지적한 이후 이 견해는 박태일의 시적 특징을 드러내는 정설이 되었다. 첫 시집의 리듬 특징은 대체로 두 가지 형식을 추출할 수 있다. 「오십천곡」, 「의령댁」, 「월동집」, 「강포집」, 「죽지사」 연작으로 이어지는 유장한 고전적 리듬의 재현이 한 형식을 이루며 이 시편들은 슬픔의 정서와 연결되어 있다. 이에 비해 「투망」, 「공일」, 「가락기 1」, 「가락기 8」, 「연산동의 달」 연작에 보이는 감정 절제의 압축적 단형 형식을 또 하나의 특징으로 내세울 수 있다. 이 형식의 대표적인 예가 다음 작품이다.

기다려도 오지 않는다, 강에는
누울 자리가 많아 생각이 잦고
아들 자랑 손자 자랑 어쩌자고 키만 자라는 갈대밭 어귀
키운 자식 모래무지처럼 물밑에 묻고 난 아비가
하릴없이 그물코 사이로 물비늘을 뜬다.

「투망」

이 시의 화자는 중립적이다. 중립의 자리에서 갈대밭 어귀에서 투망을 하는 한 아비의 모습을 제시한다. 첫 행의 "기다려도 오지 않는다"의 의미는 시의 종결 부분에서

밝혀진다. 어부는 고기를 기다리는 것이 아니라 물 밑에 묻은 누군가를 기다린다. 그 누군가는 죽음의 세계로 갔으니 돌아올 가능성이 없다. 그래도 그는 투망을 멈추지 않는다. 남들은 아들 자랑 손자 자랑 말이 많지만, 그는 착잡한 생각이 많다. 이 하릴없는 사내가 하는 일은 그물코 사이로 물비늘을 뜨는 일뿐이다. 이러한 정황을 바닥에 깔고 짧은 시행을 엇갈리듯 배치해 서정시의 명품을 창조했다. 이 솜씨는 보통이 아니다. 이러한 절제의 형식이 또 하나의 축으로 작용하여 앞의 형식과 길항하면서 그의 시를 이끌어간다. 두 번째 시집 이후 이 두 형식이 결합의 가능성을 보이는데 그것은 장을 달리하여 서술하겠다.

2. 삶의 견고함과 의지의 자세

박태일의 두 번째 시집 『가을 악견산』1989은 매우 중요한 시집이다. 첫 시집의 중요한 특징인 정신의 의지가 절제의 리듬과 결합하면서 뚜렷한 개성의 등줄기를 이루고 있기 때문이다. 악견산은 그의 고향 합천에 있는 산으로

기암괴석과 아름다운 경관으로 이름이 높다. 특히 임진왜
란 때 왜적에 맞서 산화한 의병들의 사적을 안고 있는 악
견산성이 있다. 이러한 지리적 역사적 사실을 떠나 '악견
산'이란 어감 자체가 강인한 의지의 국면을 연상시킨다.
그는 악견산의 외형적 특징 같은 것은 거론하지 않고 산
을 통해 정신의 단층을 표현하는 서정적 전략을 구사한다.
이 점은 매우 독창적이다.

악견산이 슬금슬금 내려온다

웃옷을 어깨 얹고 단추 고름 반쯤 풀고

사람 드문 벼랑길로 걸어 내린다

악견산 붉은 이마 설핏 가린 해

악견산 등줄기로 돋는 땀냄새

밤나무 밤 많은 가지를 툭 치면서 툭

어이 여기 밤나무 밤송이도 있군 중얼거린다

악견산은 어디 죄 저지른 아이처럼 소리없이

논둑 따라 나락더미 사이로

흘러 안들 가는 냇물 힐금힐금 돌아보며

악견산 노란 몸집이 기우뚱 한 번

두 번 돌밭을 건너뛴다 음구월
시월도 나흘 더 넘겨서
악견산이 슬금슬금 마을로 들어서면
네모 굽다리밥상에는 속 좋은 무우가 채로 오르고
건조실에 채곡 채인 담배잎
외양간 습한 볏짚 물고 들쥐들 발발 기는
남밭 나무새 고랑으로 감잎도 덮이고
덜미 잡힌 송아지 같이 나는 눈만 껌벅거리며
자주 삽짝 나서 들 너머 자갈밭 지나
검게 마른 토끼똥 망개 붉은 열매를 찾아내고
약이 될까 밥이 될까 생각하면서
악견산 빈 산 그림자를 밟아가다 후두둑
산이 날개 터는 소리에
놀라 논을 질러뛴다.

「가을 악견산」

악견산을 의인화하여 동작의 주체로 설정한 것은 스스로 악견산이 되겠다는 의지의 표명이다. 시인이 주시하는 것은 악견산 붉은 이마와 등줄기의 땀이다. 이것은 악견산을 제대로 감당하려면 이만한 견인의 내공을 가져야 한다는 의식의 표명이다. 다음에는 악견산 기슭에서 마을로 들어서는 경로의 풍경을 묘사하는데, 지역어를 적극적으로 활용하여 토착적 정서를 전면화했다. 여기서 언어와 감성과 정신이 일체를 이루는 시적 동일화가 현현된다. 이것은 박태일 시인이 초기부터 지금까지 줄기차게 지속해 온 시적 창조의 특징이다. 마을로 진입하는 장면의 구체적인 토속적 묘사는 말과 풍속과 인정이 어우러진 평화로운 삶의 정취를 여실하게 드러낸다. 도시의 감각으로 보면 누추해 보일 이 삶의 국면에는 아쉬움도 없고 서글픔도 없다. 그 대신 새로운 사물을 발견하는 기쁨이 있다. "네모 굽다리 밥상"에 오른 "속 좋은 무우"도 좋고, 건조실에 쌓인 담뱃잎과 고랑에 덮인 감잎도 정겹고, "검게 마른 토끼똥 망개 붉은 열매"도 이채롭다. 모든 것이 악견산과 그 주변 마을의 아늑하고 다정한 삶의 풍정을 드러낸다.

이런 풍경을 완상하며 화자는 악견산 기슭 마을을 답사하는 것인데, 그 끝부분이 인상적이다. "악견산 빈 산 그림자를 밟아가다 후두둑 / 산이 날개 터는 소리에 / 놀라 논을 질러뛴다"고 했다. 이 구절의 의미는 무엇인가? 겨울

로 접어들어 악견산은 빈 산이고 그림자만 남은 것 같은
데 산이 날개 터는 소리에 놀라서 갑자기 논을 가로질러
뜬다고 했다. 이것은 산과 동일화한 단계에서 벗어나 산을
정령화하고 산에 경외감을 느끼는 표현이다. 마지막 장면
에서 시인은 산을 정신적 구도의 대상으로 올려놓았다. 이
것은 자연과 인간이 분리되지 않은 상태에서 산에 경외감
을 유지하는 독특한 상태를 표현한 것이다. 앞의 「구천동」
에 보인 자연과 인간의 분리 상태에서 한 단계 전진한 의
식을 나타내고 있다.

이러한 정신적 상향 의지는 산에서 강으로 시선이 이
동하여 낙동강 하구의 풍경을 소재로 한 「명지 물끝」 연
작에서 삶의 견고한 이어짐을 표현하는 상태로 승화된다.

갈잎이 덮어 놓은 길을 지나옵니다 숨죽은 배추잎 거적대기
바닥에 닿여 도는 가마우지 인화되지 않는 몇 마리를 북쪽으로
날립니다 물에 물살이 부딪쳐 이루는 작은 그늘에 숭어가 썩고
멀리는 일옹등 첫물까지 파꽃이 하얗게 피었습니다 이응벽이
삭고 다시 사람들이 일어서고 하는.

「명지 물끝 1」

바람 불며 가리라 바람 불어 비 그치면 떠나가리라 마주 떠
도는 산과 강을 발바닥으로 지우며 소리 죽은 물줄기를 따라가
리라 둥두둥 아리랑 아리랑 열두 굽이 참고 넘는 마음 고개 오늘
은 멀리 물을 벗어나는 바람소리 낮게 더 낮게 자갈밭에 물 빠지
는 소리.

「명지 물끝 4」

낙동강 명지 하구는 이제 옛날의 싱싱한 흐름을 잃어
버리고 개발과 오염에 시들어간다. 갈잎이 덮인 길과 숨
죽은 배추잎이 거적대기 쌓인 바닥 위에 떠도는 흉한 풍
경을 드러냈다. 물 위로 날아오르던 숭어도 이제 그늘에
서 썩어가고 있다. 융융한 흐름은 사라지고 삭막한 모습
이 앞을 가린다. 그러나 하나의 풍경이 시들면 다른 풍경
이 뒤를 잇는 법. 일웅등 기슭에 파꽃이 하얗게 피어 새로
운 생명의 터전을 이루고 있다. 하나의 이웅벽이 삭으면
"다시 사람들이 일어서고 하는" 신생의 지평이 열리는 것
이다. 그래서 "비 그치면 떠나가리라"는 의지의 자세가 발
원하고 "둥두둥 아리랑 아리랑 열두 굽이 참고 넘는 마음"
이 솟아나 소리 죽은 물줄기를 넘어가려는 새로운 자세가

형성된다. 역사가 기복을 이루며 끝없이 이어지듯 우리의 산천과 강산도 그렇게 하강과 상승 과정을 반복한다. 그래서 인간 삶이 영위되고 역사의 진행이 이루어진다. 역사의 전개를 잘 아는 박태일 시인은 잠시 부딪치는 자연의 쇠락에 낙망하지 않고 언제 어디에서나 생명의 통로가 열릴 수 있음을 일깨운다. 다음 시는 소외된 사람들의 추락한 삶 속에서도 삶의 기미가 시들지 않고 생명의 흐름이 끈질기게 이어진다는 사실을 조용한 음성으로 야단스럽지 않게 감동적으로 드러내고 있다.

> 그리고 천천히
> 계단 아래 구정물이 새로 얼기 위해 모여들 때
> 때로 택시가 올라와 웅웅직직 더 위 절까지 들어가고
> 막돌벼랑 집들이 두 겹 세 겹 겨운 허리 버티며
> 일 나간 딸들 기다릴 때
> 큰길에서 이십 분 서동 마을회관 담배집
> 무더기 무더기 연탄재 밟고 딱지 펴서
> 비행기를 접어 날릴 때 그리고
> 어두운 능선 따라 몇몇 장이 서고 걷히고

하는 일들이 그리울 때 천천히

너삼대 서걱이는 소리에 귀를 비비며

숙여 걷던 진눈깨비.

「진눈깨비」

　여기 나오는 "계단 아래 구정물", "막돌벼랑 집들", "연탄재", "어두운 능선", "너삼대 서걱이는 소리" 등은 가난과 소외와 고초의 표상이다. 아픈 허리를 간신히 버티고 살아가는 산동네 사람들의 힘겨운 삶의 모습을 이러한 외형적 소재로 표현했다. 그런데 이 표상들은 바닥으로 하강하여 사라지지 않고 지속적인 운동의 양태를 보여 준다. 어떻게든 시들지 않고 끈기 있게 살아 있다는 사실을 생동하는 표상으로 드러낸다. 계단 아래 구정물은 "새로 얼기 위해 모여들"고, 벼랑의 집들도 힘겨운 허리를 버티고 딸들을 기다리고, 아이들은 여전히 딱지를 펴서 비행기를 접어 날리고, 너삼대 서걱이는 소리를 들으며 진눈깨비를 맞으면서도 고개 숙이고 앞으로 걷는 사람들이 있다. 시인은 소외와 고초 속에 이어진 그러한 사람들의 끈질긴 생명력에 조용한 눈길을 보내는 것이다. 이러한 자세는 그의 시에 줄기차게 이어져 최근의 연변을 소재로 한 작품에도 그대로 발현된다. 참으로 감동적인 역사적 지속의 힘이다.

다섯 번째 시집인 『달래는 몽골 말로 바다』2013에 실린 「말」은 말을 화자로 설정하여 시인의 자세를 대리적으로 드러낸 작품이다. 말은 초식 동물이지만 되새김질을 하지 않는다. 이 점을 염두에 두고 시의 첫 행을 "삶은 되새김질 할 수 없는 일"로 시작했다. 삶은 되돌릴 수 없기에 자기 행동에 대해 후회하지 않겠다는 뜻이다. "나는 내 뒤를 돌아보지 않는다"라고 자신의 태도를 명쾌히 표명했다. 타인의 비방에 휩쓸리지 않고 굳건히 자기 길을 걸어온 자신감의 표현이다. 비굴하게 남에게 의지하지 않고 서서 잠드는 고초를 감내하는 자세를 말을 통해 나타냈다.

말은 사람에게 보호받기는 하지만 소나 양이나 낙타처럼 사람에게 빌붙어 굽실대지는 않는다. 의연히 머리를 들고 먼 곳을 바라볼 뿐 등이나 허리를 굽히는 모습은 보이지 않는다. 염소 뿔이 얼어서 떨어지는 추위 속에서도 "갈기와 눈썹을 내려 접고 / 바람 가는 남쪽으로 서" 있는 것이 말의 자세다. "이 바람 자면 달려갈 / 저 들 저 지옥이 / 내 집이다"라는 마지막 시행에 시인의 자세가 단적으

로 표명된다. 자신이 달려갈 공간이 지옥이라 하더라도 자
신이 가야 할 길이라면 마다하지 않겠다는 불굴의 결의를
표현했다. 말을 화자로 내세웠지만, 생각은 시인의 것이
다. 시인의 의사가 대상의 자연스러움을 훼손했다는 혐의
를 받더라도 시인의 발화법은 변하지 않는다. 이번에 나온
연변 시편에도 이러한 자세는 그대로 이어지니 그의 정신
이 초지일관 이어지고 있음을 확연히 파악할 수 있다.

　　　솟을수록 힘찬 것일까

　　　회반죽 옹기로 포개포개 겹쳐

　　　높다란 길다란 목덜미

　　　굴뚝의 정체는 해질 무렵 안다

　　　집집이 사람 기척 그런데

　　　이 마을 굴뚝은 연기 끊긴 게 더 많다

　　　쥔은 어디로 간 걸까 몇 달 안으로

　　　몇 해 안으로 돌아올 것인가

　　　길림이나 장춘 너머 서울로 떠난 것인가

　　　멀리서도 속을 보여 주는 굴뚝

　　　나 살아 있어 뜨겁거든 중얼거린다

모를 일이다 어떤 집은

옹기 대신 네모 나무통을 올렸다

그래도 지치지 않을 높이

더 솟아 굴뚝이 말하려는 뜻은 무엇일까

오늘 부르하통하와 해란강이 만나는

하룡 두물머리에 서서 나는

예부터 하늘 무서운 줄 알고 살았던

할베의 할베 흰 두루마기 연기

게걸음을 본다

마을 언덕에는 천 년

소나무 세 그루가 섰고

그 아래 집집

허물어지고 쓰러지는 땅에서

견디는 이기는 슬픔.

「굴뚝은 이긴다」

앞의 시와 마찬가지로 이 시의 어조도 표출적이다. 의
지의 자세를 전면에 내세웠다. '굴뚝'은 그런 의지의 당당
한 표상이다. "솟을수록 힘찬 것일까"라는 말은 힘찬 의지

의 굳건한 표현이다. 굴뚝은 힘차게 솟았으나 둘러보니 연기가 오르는 굴뚝은 별로 없다. 연변도 농촌이 공동화되어 빈집이 늘어난 것이다. 굴뚝만 보아도 그 집의 형편을 짐작할 수 있다. 연기가 피어오른 굴뚝은 "나 살아 있어 뜨겁거든" 하고 말하는 것 같다. 높이 솟은 굴뚝이 암시하는 내용은 생의 의지다. 어떤 환경에 처하든 굴뚝만 남아 있으면 다시 생이 이어질 수 있다. 비록 그들의 현재 삶이 시들어 보이지만 그들의 삶을 지탱해 온 역사성이 있다. "할베의 할베 흰 두루마기"로 상징되는 백의민족의 역사성이 그것이다. 마을 언덕에 있는 "천 년 소나무 세 그루"도 그 역사성의 표상이다. "허물어지고 쓰러지는 땅에서 / 견디는 이기는 슬픔"은 견디는 것이 곧 이기는 것이라는 의미를 전달한다. 끝까지 견디는 자가 승리한다. 이러한 견딤의 의지가 그의 시를 40년 이상 지탱해 온 굳건한 근력임을 강조하고 싶다.

3. 존재의 비극성에서
   평화로운 삶의 전망으로

「그리운 주막」, 「구천동」에 나타난 죽음과 연관된 존재의 비극성은 시간이 지나면서 여성 지향의 흐름과 결합한다. 이러한 경향은 첫 시집의 「의령댁」이나 「가락기」 연작에 나타난 여성 수난의 사례에 이미 모습을 드러냈고, 셋째 시집 이후 그 흐름은 더욱 뚜렷해졌다. 『약쑥 개쑥』 1995에 수록된 「김해군 주촌면 내삼 관동댁」과 「박복한 이 아낙은 네 번 절하고」, 「당각시」, 「젯밥」, 「약쑥 개쑥」, 「경주김씨인수배고령박씨지묘」 등의 시에 여성 삶의 비극적 구조가 집중적으로 표현된다. 근대 이전 어느 나라에서나 여성의 삶은 피해자의 처지를 벗어나지 못했다. 한국의 보수적 사회 구조 속에서 여성의 삶은 수난의 역사를 이어왔다. 박태일은 여성 수난의 역사를 토박이말을 활용한 토속적 가락으로 펼쳐냈는데, 이 방면에 관한 한 박태일이 개척한 경지를 따를 사람이 없다.

저물음에 나앉았습니다

노을 붉어 날씨 예사롭지 않고

구름 저리 한 등성으로 눌러앉았기

눈에 헛밟히는 님자 묻힌 흙자리

낮에는 김해장 혼자 나서서

초가실 말린 고구매 줄거리 다 냈습니다.

요즘 세상 젊은 것들 입 짜른 버릇

어디 태깔 고운 것에나 손이 바쁠까

아적 내내 한자리서 두 모타리 팔았는지

돈이 효자란 말도 등실한 저 자식 자랑

삽짝 밖만 나서도 객지만 같아

삼십 년 익은 저잣거리가 눈에 설다

내일은 삼우제 은하사 공양길 비가 올란지

다리에 심 있을 적 익은 일이라

낫살 절어 잦다 해서 숭질 맙시소

부디.

「김해군 주촌면 내삼 관동댁」

    김해 지역 전통 사회의 지역어와 풍정에 동화되어야 진심으로 이해할 수 있는 이 시를 제대로 읽으려면 뒷심이 필요하다. "왜풍 한자말"에서 벗어나 토박이말이 환기하는 토박이 정서에 깊숙이 몸을 담가야 참맛을 음미할 수 있다. 시인의 견해에 따르면 이것은 "중앙중심주의에 대한 일종의 저항"이고 "규범적인 표준 어법에 익숙한 이들이 독해 가능한 선에서 지역말을 끌어다 쓰면서 시어의 영역을 확장하는 동시에 정서적 공감대를 얻기 위한 전략"에 해당한다. 시의 문맥은 대체로 이러하다. 남편을 여읜 지 사흘도 안 된 화자는 말린 고구마 줄거리를 혼자 걷어서 김해장에 내다 팔고 돌아왔다. 날이 저물도록 장터에 있었지만 요즘 사람들 입맛에 맞지 않는 재료를 펼쳐놓으니 팔린 것이 별로 없다. 삼십 년을 다닌 장터인데 임자 없이 혼자 나가니 객지처럼 눈에 설었다. 노을이 붉고 구름이 몰려드는 기색을 보니 날이 험해질까 저어되어 임자의 못자리가 눈에 밟힌다. 내일이 삼우제라 은하사에 공양을 올리러 가는데 비가 올지 모르겠다. 그래도 다리에 힘 있을 때 부지런히 다니려 하니 나이 든 사람이 자주 온다고 너무 흉보지 말라고 당부한다. 화자를 여성으로 설정한 것

은 토박이말에 밀착된 생활을 하는 사람이 여성이기 때문
이다. 관념의 그물로 여과하지 않고 생활의 바탕을 그대로
보여 주는 사람은 남성보다는 여성이다.

「박복한 이 아낙은 네 번 절하고」는 이 여인이 나중에
올리게 될 한글 제문 형식을 시로 표현한 것이고, 「젯밥」
은 이십 대에 비명횡사한 아들이 화자가 되어 기제삿날
절간에 재를 올린 어머니에게 화답하는 내용의 시다. 세상
떠난 지 십 년 되었다고 했고 다음 해에 다시 오겠다고 했
으니 모자의 인연이 그렇게 이어지고 어머니의 애절한 마
음도 그렇게 이어질 것임을 알 수 있다.

네 번째 시집 『풀나라』2002에 실린 「신행」은 독특한 화
법의 여성 지향 시다. 이 시의 높임말 서술 부분의 화자는
죽은 마산댁인데 중간 부분에 나오는 서술체 화자는 중립
적 인물이다. 화자의 변이를 파악하기 위해 면밀한 독해가
필요한 작품이다.

옷바위말 호랑머리 염개 뒷개
졸랑졸랑 바닷길이 올려 앉힌 마을
가끔 물기 빠진 속빨래 같지만

그래도 울컥 그리운 고향입니다

멀리 멸장 고우는 연기 한 줄기

돌돌 돌길 따라 언덕 위로 올라서면

오월 으름꽃 볼 부은 연보라

연보랏빛 향내에 나는 꿈길을 걷고

두 집안 정지 밟지 않겠다고

친정에 허물 남기지 않겠다고

청상 마흔 해 잘도 건넜는데 기어이

도시 아들 집 된다고 목 맨 마산댁

옷바위말 호랑머리 염개 뒷개

뱃길 차례로 동무 마을 기별하면서

오늘 아침 무테

마산 화장장으로 신행 가는 길

강씨 묘각 큰 소나무 큰 가지 아래 서서

돈냉이 별꽃 풀나라 아이들과 배웅했습니다

땡그랑 땡그랑

아침밥도 안 먹고 배웅했습니다.

「신행」

제목인 '신행'은 원래 혼인해서 신부가 신랑 집으로 간다는 뜻이다. 그런데 여기서는 죽어서 원래 고향인 마산의 화장장으로 가는 길을 의미한다. 신혼 길이 죽음의 길로 변형된 것이다. 이러한 제목 설정에도 시인의 창작 의도가 뚜렷이 개입되어 있다. 도입부의 서술은 죽은 마산댁의 혼령이 살던 곳을 떠나며 하는 말이다. 가난과 고초로 얼룩진 섬마을이지만 그래도 고향으로 여기고 수십 년을 살아온 정든 마을이다. 죽은 혼령은 마을의 풍경을 내려다보며 오월의 연보라 으름꽃 향기 피어나는 길을 거쳐 마산 화장장으로 향한다. 여기서도 토박이말을 시의 중심부로 끌어들여 토속적 정취를 환기하는 박태일의 시작 방법이 특화된다.

3연의 서술은 마산댁의 서술이 아니라 중립적 화자의 서술이다. 마산댁의 사연을 요약하고 있기 때문이다. 일찍이 청상과부가 되어 40년 동안 허물없이 살았는데 결국 도시에 가서 사는 아들에게 짐이 되지 않겠다고 목을 맨 것이다. "목 맨 마산댁"이라고 지칭했으니 이것은 마산댁의 말이 아니라 제삼자의 언급이다. 마산댁은 스스로 "마산 화장장으로 신행 가는 길"이라고 자신의 길을 신행길로 지칭한다. 죽음에 대한 두려움은 없으며 의당 자신이 가야 할 즐거운 신행길로 받아들인다. 이 발화에 여인의 깊은 마음이 응어리져 있다. 기구한 사연을 전혀 내비치지 않으면서 애잔한 슬픔을 표현하는 능숙한 간접화법을 구사했다. 강씨 묘각 큰 소나무 아래 서서 "풀나라 아이들과 배웅"했다고 시인은 썼다. '풀나라'는 이 시집의 제목으로 소외의 변방 지역으로 전락한 농촌 마을을 가리키는 비유적 장치다. 사람은 없고 사람 닮은 풀들만 무성한, "예순 아들이 여든 어머니 점심상을 차리"는 "이름 잊힌 채 그저 풀로만 불리는" 농촌 마을 풍경을 「풀나라」에서 노래했다. 풀나라 아이들과 아침밥도 안 먹고 배웅했다고 하여 농촌의 피폐함과 죽음의 영결을 함께 표현했다. 박태일은 40년 청상과부 마산댁의 죽음을 통해 소외된 농촌 사람의 애틋한 사연을 구체적 상황으로 표현했다. 여기에 마산댁이라는 여성 표상이 중요한 자리를 차지하고 있음을 알 수 있다.

후기로 가면서 여인의 애환은 여인의 강인함으로 변모되기도 한다. 몽골과 연변 체험을 거치면서 「말」에서 보여 준 생명의 의지가 여성에게 투사되어 여성의 굳건한 생명력을 인정하는 자리로 이동했음을 알 수 있다. 몽골 시편에 나오는 「창밖의 여자」는 몽골 여인의 야생적 생명력을 보여 준다. 몽골 여인은 소젖을 먹고 가끔 살코기 장조림을 먹으며 열심히 일하며 지내는데 생명력이 보통이 아니다. 가족을 위해 소젖을 끓이고 빨래를 하고 밥상을 치우고 집안일을 도맡아 한다. "들에 등줄기 헉헉 비벼 대"고 "땅금 우적우적 씹어 대는" 강이 저 여인에게 힘을 줄지 모른다고 화자는 상상한다. 그 여인은 "작두콩만 한 발밑 참새 떼도 / 겨우내 한 식구로 거두어 준" 자애의 포용력을 지니고 있고, "큰 키 미끈한 미루나무 / 봄이 오는 거리로 / 불쑥 발을 내딛는" 싱싱한 생명력도 지니고 있다.

연변 시편에 나오는 다음 작품은 여성들끼리 나누는 친화감과 온화함을 표현하고 있어 여성을 슬픔의 대상으로 바라보는 자리에서 멀리 벗어났음을 알려 준다.

종아리 닮은 둘이

걸어간다 수상시장 아침

산 게 무언지

한 손에 흰 봉투 한 손에

종이 가방 서로 어깨 나누며

걷는다 인민공원 너른 뜰

의자에 앉는다 잠시

어휴 다리야 엄마가 했음 직한 말

딸 답변이 빠르다 앉아요

닮아도 그리 닮을 게 없었던지

종아리 안짱다리

안짱다리 종아리

안경을 벗었다 쓴다 딸은

인민공원 곳곳 버들은 위로 벋고

엄마 천천히 가 엄마 힘들지요

모녀 걷는 길섶 파란 포란 잔디의 귓밥

닮아도 그리 닮을 게 없었던지

작은 키 안짱다리

안짱다리 작은 키

엄마는 딸이 그립고 딸은

엄마가 보고 싶어

멀리 다니러온 딸을 위해

한 상 차림 마련인 듯 오늘

엄마 맘에 무슨 맛난 정성이 바쁠까

딸은 엄마 보석

보석 딸을 아부시고 아침

수상시장 물 건너

인민공원 숲 건너

남은 길을 나누어 든 채

자박자박 걷는 모녀

엄마 가방 이제

딸이 멘다.

「모녀」

서사와 정황의 내용은 간단하다. 오랜만에 만난 모녀
가 수상시장에서 무언가를 사 들고 다정하게 어깨를 나란
히 하고 걷는다. 어머니와 딸이 서로를 위하는 장면이 애
틋하다. 모녀는 작은 키와 안짱다리가 닮았다. 닮지 않아

도 좋을 것을 닮았지만 모녀의 다정함은 세상의 이해관계를 벗어나 있다. 그의 초기 시부터 중기 시까지 지속해서 나타나던 존재의 비극성에 대한 의식은 여기서는 자취를 감춘다. 그는 연변 지역 사람들의 자연 친화적인 삶에서 하나의 가능성을 발견한 것 같다. 자본주의 세상의 이해관계와는 무관한 토속적 삶이 연변에서는 그래도 이어진다고 본 것이다. 특히 인간과 동물이 분리되지 않고 공존의 동화 상태를 지속하는 점이 그에게는 인상적이었던 것 같다. 그것이 우리 사회의 구조적 모순에 길항할 수 있는 하나의 대안이 되지 않을까 생각했을 것이다. 존재의 비극성과 여성의 슬픔에 관심을 기울이던 그의 마음은 자연과 인간이 동화된 삶의 풍정에서 위안을 얻는다. 언어와 풍속과 인정이 어울린 평화로운 삶의 모형을 연변에서 찾은 것이다. 물론 연변 시편에도 가난과 고초의 생활이 있고 소외된 지역의 쓸쓸함이 있다. 그러나 그것보다는 자연과 인간이 어우러진 동화의 삶에 더 깊은 눈길이 닿는다.

산에서 내려온 듯한 다섯
한 마리만 마구 어리다

둘레둘레 뒤웅뒤웅 엉덩이 뽐내며

새벽을 걸었을 가족

먼 태암 골짜기 따라 왔을까

청다관 등성일 탔을까

연집하 물가 수상시장 가까이

두 젖통 비비적거리며 선 채

아침을 오물거리는 염소들

주인은 자랑차게 젖을 낸다

오늘 여러 사람이 얻을 수 있으리라

페트병을 든 몇이 줄을 섰고

먼저 산 이는 젖을 내어 준 염소 앞에

여물을 놓고 돌아선다

주받는 게 사는 이치인데

따뜻한 젖을 베푼 염소와 이제

베풀기 위해 오물거리고 선

네 마리 모두 의젓한 낯빛이다

집안 우리에는 이들 웃대가 될 놈이

기다리고 있을 게다

아침 보시하고 돌아온 녀석들에게

등배를 두드려 주리라 수고했노라

이 아침 길 바쁜 수상시장 한 결

어느 마을 염소 한 가족

홀쭉해진 두 젖을 늘인 채

먼저 짠 염소는 우두커니

시장 쪽 사람들을 본다.

「보시 염소」

　중국 연변 지역이 배경이라 한국에서는 보기 힘든 토
속적 장면이 펼쳐졌다. 토속적 체취 속에 우리의 옛 조상
들이 살던 생활 모습을 엿보는 재미가 있다. 시장에서 직
접 염소의 젖을 내 사람들에게 공급하는 장면이 시의 소
재가 되었다. 어느 산간 지역에서 염소를 방목하는 주인이
그중 다섯 마리를 몰고 와서 차례로 젖을 짠다. 사람들은
페트병을 들고 줄 서서 기다린다. 시인은 염소의 젖이 사
람들에게 전달되는 과정을 세심하게 묘사했다. 그 장면이
무척 정겹고 다정해 보여서 제목을 '보시 염소'라 했을 것
이다. 사람들에게 젖을 보시하는 염소다. "주인은 자랑차
게 젖을 낸다"고 했으니 이런 일을 할 사람은 자신밖에 없

다는 태도다. 그러나 염소는 아무 표정이 없고 무심하다. 염소들이 "모두 의젓한 낯빛"이라고 했다. 이 표현에는 무표정한 염소가 자랑차게 젖을 내는 주인보다 한 수 위의 존재라는 의식이 담겨 있다. 자기 젖을 내준다는 생각 없이 나누어 주었으니 '보시 염소'라고 부를 만하다. 젖을 내준 염소는 시장 한 곁에 옹기종기 모여 "홀쭉해진 두 젖을 늘인 채" 우두커니 사람들을 보고 있다. 그들의 의젓한 모습에 시인은 애정의 눈길을 보낸다. 그 눈길은 사람과 동물을 구분하지 않고 하나로 보는 생명 평등의 사유에서 발현된다. 이러한 정경에서 시인은 상당히 큰 자극과 위안을 얻었던 것 같다.

여기서 출발한 언어와 풍속과 인정이 어우러진 평화로운 삶의 탐구는 화룡 시장 탕집에서 또 하나의 표본을 발견한다.

화룡시장 식당가
낮은 탕집
두 집안 젊은이가 선을 본다
그 아버지와 어머니는 아들을 사이 앉히고

어미 없이 큰 듯한 딸은 고개 숙여 탕을 뜬다

아버지는 사위가 될지 모를 그 아들

맥주 첫 잔이 즐겁다 어머니는

앞자리 딸이 며느리로 좋이 차는 듯

젓가락질 가볍다 두 집안은 몇 대째

화룡에서 연길에서 모른 듯 살아 왔겠지만

앞으론 연길 한 공원묘지에서 만날 일을 꿈꾸는지 모른다

세 병째 맥주가 비고 웃음이 길어져

딸의 동생까지 와 늦은 인사를 올린다

선자리가 혼롓날 같다 그 어머니는 양탕을 더 시키고

딸은 부끄러움을 젓가락처럼 쥐고 앉았다

딸 손등으로 아들 눈길이 자주 얹힌다

고추 장아찌에 절임김치 차림이지만

포기포기 달리아 꽃자리

화룡도 인천 허씨일 듯한 아들네와

은진 송씨일 듯한 딸네 혼롓날은

돌아오는 시월일까 이제 두 집안은

화룡 연길 한길처럼 죽 곧을 것인가

그 아들과 딸은 백두산 어느 들목

산양삼에 석이를 키우고 집안 처마 밑을

재갈재갈 삼꽃 아이들이 오갈 것인가

화룡시장 식당가

낮은 탕집

향초 그윽한 개탕을 비우며 나는

흰술 벌써 두 잔째다.

「화룡에서 흰술을」

앞의 시 「모녀」처럼 이 시의 정황과 내용도 단순하다. 그러나 그 단순함에 가치가 있다. 시인은 지극히 단순하고 조용한 우리말의 원형 위에서 우리 민족 원형의 감정을 재구성하고 있다. 더할 것도 뺄 것도 없는 원형 그대로의 소박한 삶을 소중한 화폭에 담아 그대로 내보이고 있다. 막힘없이 이어지는 부드러운 운율은 시가 구성하는 정경의 평화로움과 미래의 안온함에 호응한다. 시인이 선택한 풍경의 세목은 대단히 의도적이다. 보이는 대로 나열한 것이 아니라 고심 끝에 조직적으로 배치한 장면들이다. 시인 화자는 개탕을 먹으며 두 집안이 선을 보는 장면을 바라보고 있다. 시인은 개탕을 먹지만 초면의 식구들은 양탕을 먹는다. 며느리감이 마음에 든 어머니의 젓가락질이 가볍고 아버지의 술잔은 빈번히 움직인다.

화룡과 연길에서 자란 두 젊은이가 살림을 차려 살다가 "연길 한 공원묘지에서 만날 일을 꿈"꾼다는 설정이 심오하다. 삶이 있으면 죽음이 있는 것이지만 죽어서도 한곳에 묻힌다는 생각을 하는 것이 전통주의자 박태일답다. 아들의 사랑 담긴 마음을 "딸 손등으로 아들 눈길이 자주 얹힌다"로 표현한 것도 이채롭다. 고전적인 사랑의 시선이다. 겉모습은 "고추 장아찌에 절임김치"라고 소박하게 비유하고 그들의 모임을 "포기포기 달리아 꽃자리"라고 촌스러운 옛 정경을 가져와 비유한 것도 정황의 사실성을 높여 준다. 그들의 정황이 백합이나 장미처럼 호사로울 수 있겠는가. 토속의 온화함을 그것에 맞는 비유로 잘도 표현했다. 시인은 이제 그들이 "백두산 어느 들목"에서 "산양삼에 석이를 키우고" 그렇게 또 아이들을 낳아 키워 "집안 처마 밑을 재갈재갈 삼꽃 아이들이 오갈" 장면을 꿈꾼다. 그 즐거운 꿈에 젖어 시인은 독한 흰술을 벌써 두 잔째 비운다. 적어도 이 장면에서는 존재의 비극성도, 죽음의 암울함도, 인생의 비탄도 스며들지 않는다. 현실의 부정적 정황과 반대되는 장면을 그는 연변에서 발견했고 그 정취의 가치를 정성을 다해 재구성했다. 이것으로 존재의 비극성이 극복되었다고는 말하지 못하겠지만 평화로운 삶을 통해 극복의 가능성을 발견했다는 언급은 할 수 있을 것이다.

4. 리듬과 형식의 창조

앞에서 언급했던 것처럼 그의 시의 리듬은 두 가지로 대별된다. 길게 이어지는 노래의 가락을 채용하여 유장한 호흡을 유지하는 형식과 감정 절제의 묘미를 보이는 압축적 단형의 형식이 그것이다. 편의상 앞의 형식을 ①형식, 뒤의 형식을 ②형식이라고 하겠다. ①형식은 때로는 가사체의 리듬을 흡수하거나 민요의 리듬을 수용하여 애잔한 슬픔의 정서를 표현하는 작품으로 계열화된다. 「오십천곡」의 다음 대목이 가사체의 리듬을 활용한 전형적인 예가 될 것이고, 「황강 7」의 다음 인용이 민요의 리듬을 수용한 대표적인 예가 될 것이다.

울고 섰는 아이를 나는 보았네.

울며 가는 아이를 나는 보았네.

선바람 하늬바람 소슬한 들녘

그리운 그리운 일들 다 가질 수 없는 나이가 되면

그냥 하얗게 죽어버릴 거라고

더디며 걷는 아이를 나는 보았네.

「오십천곡」 가운데서

콩점아 콩점아 콩 보자

사타리에 점 보자

잔불 놓던 둑너미엔

첫날 첫 봄밤

달빛 홀로 다복다복 어디로 왔나.

「황강 7」 가운데서

이러한 작품 계열은 최근 연변 시편에서 농악의 가락
을 흡수한 「깽그랑 깽깽 문 여소」나 판소리적 서사체를

수용한「내가 지은 옥수수는 고개 치번고」에 이르기까지
장엄한 계보를 형성한다. 앞의 작품은 유사한 어휘를 반복
하면서 리듬을 통해 감정을 고조하는 특징을 보이고, 뒤의
작품은 3음보 율격을 중심으로 조용히 읊조리는 가락의
특징을 보인다.

이와 구별되는 ②형식의 계열은「투망」,「경주길」,「유
월」,「밤꽃」,「그리움엔 길이 없어」,「배꽃」으로 이어지는
계보를 이룬다.「배꽃」 전문을 보이면 다음과 같다.

누가 모르나 봄 한철

벌통에 애벌 들고 땅 밑 사람 드는 일

삼월 건너 사월 붉게 내려앉은 등성이마다

앞서 묻힌 이들이 기어나와

시름시름 배꽃 멍석을 편다.

「배꽃」

배꽃이 피어나는 신생의 계절인 봄에 대해 시인은 새
로운 해석을 했다. 봄에는 부화하여 자란 새로운 벌들이
활동을 시작하는데 그것처럼 땅 밑에도 사람이 든다고 상

상했다. "사월 붉게 내려앉은 등성이"는 진달래나 철쭉 같은 꽃이 피어난 정경을 뜻하는 한편 재생의 상징으로도 작용한다. 붉은 죽음의 들판에 땅에 묻힌 이들이 살아나와 흰빛의 배꽃 멍석을 편다고 상상한 것이다. 그러니까 배꽃 핀 봄의 정경은 아름다움의 공간이 아니라 죽은 이들이 시름을 안고 재생한 미묘한 정경으로 변하는 것이다. 이러한 의미의 단층을 말로 진술하지 않고 간결한 시형으로 압축하여 암시적으로 표현했다. 압축적 단형 형식으로 감정 절제의 묘미를 살린 것이다.

이 두 형식은 박태일 시의 전개 과정에서 미묘한 결합을 이루기도 한다. ①형식과 ②형식을 결합하여 양자의 효과를 함께 나타내고자 하는 새로운 형식의 창조다. 두 번째 시집에 있는 다음 시를 예로 들 수 있다.

너희는 말 많은 자식이 되어
울산으로 부산으로 떠나고
잘 살아야지 못 먹고 못 입힌 죄로
사십 오십 줄엔 재산인 양 너희를 바랬어도
자식도 자라면 남이라 조심스럽고

어제는 밤실 사돈댁이 보낸 청둥오리 피를 받으며

한 목숨 질긴 사정 요량했다만

무슨 쓰잘 데 있는 일이라고

밤도와 기침까지 잦다

　　　몸 성하거라 돈은 정강키 쓰되 베풀 때는 헤푸하거라

　　누이는 자주 내왕하느냐 큰길 박의원에서 환 지어 보낸

　　다 술 먹는 일도 사업인데 몸 보하고 먹도록 해라

그리고.

　　　　　　　　　「너희는 말 많은 자식이 되어」

이 형식은 독특하다. 단락이 나누어지는 부분까지의
서술은 운문의 시 형식이고 뒷부분의 구분 단락은 서간체
로 되어 있다. 요컨대 운문적 리듬과 산문적 서술이 공존
하는 형식이다. 마지막 시행 '그리고'는 그 외의 사연을 함
축하는 기표다. 말을 늘어놓자면 구성진 가락으로 많은 이
야기가 나오겠지만 사정을 압축하여 한 단어로 줄이는 기
능의 단어다. 서사의 가락과 단형의 압축성을 결합하여 새

로운 형식을 창조한 것이다. 두 형식을 결합한 형식의 재창조는 다음과 같은 양식으로 구성되기도 한다.

널찍하니 높다라니 뿔이 쌓여 있다 아이가 지나간다 검둥개가 섰다 간다 아침에도 두 마리 양가죽을 벗겼다

잿빛 뿔무더기는 가시관에 남루를 걸쳤다 어디서 보았을까 이제 들쥐들 자러 오리라 이부자리 펴고 달래꽃 씹으리라

신기루를 글썽거리는 길 사막으로 내려가는 차는 끊기고 게르 위에 널어 둔 저녁 끼때 양고기는 벌써 노을빛이다.

「여름」

몽골 시편의 하나다. 3연으로 구성되어 형식적 정형성을 보이지만 각 연의 서술은 서사체의 리듬을 지니고 있다. 감정의 절제가 이루어진다는 점에서 ②형식의 특징을 유지하고 있고 서사체의 리듬을 가진다는 점은 ①형식의 특징을 이어받은 것이다. "아이가 지나간다 검둥개가 섰다 간다", "이부자리 펴고 달래꽃 씹으리라" 같은 대목은 분

명 4음보의 뚜렷한 리듬감을 드러내고 있고, "아침에도 두 마리 양가죽을 벗겼다", "게르 위에 널어 둔 저녁 끼때 양고기는 벌써 노을빛이다" 같은 대목은 감정을 차단하고 정경의 외관만 보여 주려는 의도가 뚜렷하다. 두 형식이 결합하여 몽골 지역 생활의 토속성을 환기하면서 정경을 통해 감정의 윤곽을 간접화하는 독특한 기법을 구사했다. ①형식과 ②형식을 결합하여 새로운 형식을 창조한 것이다. 다음 작품도 ①형식과 ②형식을 결합하여 새로운 형식을 창조한 좋은 예가 된다.

　　욕지에서

　　목욕을 한다

　　줄비 내리는 아침

　　목욕탕에 손은 없고

　　주의보 맵게 내렸다는 앞바다

　　방학이라 뭍으로 나간

　　주인집 방에서 여러 날 쓴

　　주인의 면도날을 빌리면서

　　하루 내내 비 올 일 걱정했는데

우체국 골목 뒤 목욕탕

더운 물 차운 물 오간 뒤

욕지 목욕탕 나서면

연속극 엄마의 노래

마지막은 어느 아침일까

젊은 안주인은 다시

배를 깔아 티비 채널을 웃고

뱃길로 한 시간 먼저 온 통영배가

욕지배를 기다리는 선창

당산나무 당집도 먼 등성인데

떨기째 지는 능소화

붉은 길로 혼자

오른다 욕지

구름 목

욕탕.

「욕지 목욕탕」

이 '욕지 목욕탕'은 경상남도 통영시 욕지도에 있는 공
중목욕탕일 것이다. 시행의 길고 짧은 길이는 시인의 마

음의 행로를 반영한다. 마치 통통배를 타고 바다를 건너 듯 멀리 갔다 가까이 다가오는 그런 마음의 이동 과정을 표현했다. "우체국 골목 뒤 목욕탕 / 더운 물 차운 물 오간 뒤 / 욕지 목욕탕 나서면 / 연속극 엄마의 노래"에는 3음보의 민요조 리듬이 살아 있다. 마지막 시행 "떨기째 지는 능소화 / 붉은 길로 혼자 / 오른다 욕지 / 구름 목 / 욕탕"에는 능소화 떨어지는 길로 오르는 꿈을 꾸다 목욕탕 온기에 스르르 잠이 드는 환각의 여운을 암시하는 듯하다. 시인의 실험정신이 작용하여 시행을 새롭게 구성한 예다.

나는 앞에서 읽은 「신행」이나 「모녀」, 「화룡에서 흰술을」 등의 작품도 시인이 새롭게 창안한 예술적 구성이라고 생각한다. 토박이말을 바탕으로 절제와 율격을 교차하며 풍경과 마음의 기미를 재구성했기 때문이다. 이러한 형식의 창조는 시인이 나타내려는 정신의 지향과 부합한다. 육체에 어울리는 의상이 박태일 시의 형식이고 그 형식은 몸의 체온과 골격을 그대로 반영한다. 이러한 육체와 정신의 창조를 통해 박태일은 역사의식을 계승한 의지의 세계를 형상화했고 여성적 견인의 내력으로 삶의 고통을 승화했다. 견고한 삶의 장력을 통해 존재의 비극성을 넘어서서 언어와 풍속과 마음이 어우러진 평화로운 삶의 지평을 제시했다. 그의 시 창조의 역사는 이러한 경로를 보여 준다.

만법萬法이 귀일歸一하는데 하나로 돌아가는 그곳은 어디인가? 그곳이 어디인지 알 수 없는 것은 그의 시의 행로가 진행형이기 때문이다. 전해 들은 말로는 그의 장기가 달리기라고 한다. 그는 든든한 근력으로 아직 힘차게 달리고 있고 그를 둘러싼 문학의 에너지도 힘차게 전진하고 있다. 그의 건각健脚과 예지叡智가 장구히 지속되기를 빌 뿐이다.

1954년 12월 22일, 경상남도 합천군 율곡면 문림리 278번지에서 나다. 아버지 박석중朴碩重과 어머니 김정자金定子의 4남 1녀 가운데 3남. 본관 고령.

1961년 3월, 영전초등학교 문림분교 2회로 입학.

1963년 3월, 부산고등학교 교사로 옮기신 아버지를 따라 부산 산동네 연화동 셋집에 들다. 초량초등학교 3학년 전학.

1967년 3월, 동아중학교 입학.

1970년 3월, 동래고등학교 입학.

1971년 5월, 초량 수정동을 떠나 광안리로 옮기다. 부산의 고등학교 문예반원 모임 전원문학회에 들어 문학 지망생들과 친교.

1972년 5월, 한국사회사업대학교대구대학교 학보사 주최 영남 고교생 문예현상 모집 시 부문 가작 입선. 10월, 경희대학교 고교생 문예현상 시 부문 당선.

1973년 1월, 부산대학교 국어국문학과 낙방, 재수를 시작하다. 2월 25일, 전원문학회 또래와 동인회 '앙뉘권태'

를 만들어 창립 기념 발표회를 남포동에서 갖다. 낭송회용 작품집 『앙뉘』 1집을 내다.

1974년 3월, 부산대학교 국어국문학과 입학. 12월, 7인 시화전 '겨울 삽화'를 남포동에서 갖다.

1976년 3월, 논산훈련소에 전투경찰 25기로 입대. 경북경찰국 기동대 소속으로 대구에 머물다.

1977년 4월, 영덕경찰서로 옮겨 정문 초병 근무를 서다 축산항 입출항신고소로 나가다.

1978년 8월, 영덕군 축산항 입출항신고소에서 일병 만기 제대. 9월, 3학년 2학기로 대학 복학. 12일, 뒷날 아내가 된, 사범대학 체육과 3학년 김경희를 만나다.

1979년 10월, 문학사회에 이미 얼굴을 내민 엄국현·이윤택·강영환 시인과 구덕산 골짜기에서 만나 동인 활동 결의.

1980년 1월, 중앙일보 신춘문예에 「미성년의 강」 당선. 3월, 동인지 『열린시』 1집 나옴. 동인지는 1992년까지 14집을 내다. 8월, 부산대학교 국어국문학과 졸업. 11월, 계성여자상업고등학교 국어 교사로 교단에 서다.

1981년 9월, 계성여자상업고등학교 교사를 그만두고,

대학원 입시 준비.

1982년 3월, 부산대학교 대학원 국어국문학과 석사과정 입학. 부산여자상업고등학교 야간부 국어 교사. 9월 12일, 금산김문金山金門 김기수金基洙와 김정선金貞善의 고명딸 경희慶姬와 혼인.

1983년 5월, 어머니가 쓰러지시다. 그 뒤 스무 해 동안 병치레. 7월 24일, 아들 지욱之昱이 태어나다. 12월, 논문 형식으로 된 첫 글로 석사학위의 한 부분이 된 「백석 시의 공간인식」을 부산대학교 국어국문학과 학술지 『국어국문학』에 발표.

1984년 2월, 『1940년 전후 한국시에 나타난 공간인식의 문제─이육사·윤동주·백석의 시를 중심으로』로 석사학위를 받다. 3월, 부산대학교 대학원 국어국문학과 박사과정 입학. 12월, 첫 시집 『그리운 주막』문학과지성사을 내다. 황동규 시인이 풀이를 맡다. 시집은 제7차 '오늘의 책'과 문화공보부 추천도서로 뽑히다.

1985년 3월, 지산간호보건전문대학교현 부산가톨릭대학교 교양과 전임강사로 일터를 옮기다.

1986년 10월, 지도교수의 권고로 학과 논문집에 실었던「윤동주 시와 공간인식의 문제」를『심상』10월호와 11월호에 I과 II로 재수록. 문예지에 비평 글을 실은 첫 경우.

1987년 2월, 부산대학교 대학원 국어국문학과 박사 과정 수료. 부산외국어대학교·부산대학교 출강.

1988년 3월, 경남대학교 문과대학 국어국문학과 전임강사대우로 옮기다. 1년 뒤 전임강사, 1991년 조교수, 1995년 부교수를 거쳐 2000년부터 교수로 일하다. 11월 27일, 딸 혜리惠梨가 태어나다.

1989년 3월, 계간『겨레문학』편집위원 1년 남짓 맡다. 11월, 두 번째 시집『가을 악견산』문학과지성사을 내다. 김주연 교수가 풀이를 맡다.

1990년 6월,「명지 물끝」연작으로 제1회 김달진문학상을 받다.

1991년 2월, 부산대학교 대학원에서『한국 근대시의 공간현상학적 연구 – 김광균·이육사·백석·윤동주 시를 중심으로』로 박사학위를 받다. 12월, 부산고등학교에서 시작하여 부산여자고등학교, 부산시교육청, 감만여자중학교를 거쳐 부산대학교 사대부속고등학교 교장으로 일하시던 아버지가 정년을 석 달 앞두고 돌아가시다. 우보박석

중교장정년기념문집간행위원회에서 정년 기념문집『보람과 정을 안고』를 육일문화사에서 내다.

1993년 5월, 1950년 경인년전쟁으로 불타 빈 채로 남아 있었던 합천 문림 고향집 안채 자리에 양옥을 앉히다. 아버지 호를 따 '우보재愚步齋' 편액을 올리다.

1995년 4월, 세 번째 시집『약쑥 개쑥』문학과지성사을 내다. 하응백 평론가가 풀이를 맡다.

1996년 4월, 김달진을 이음매로 삼은 지역문학 실천 활동으로 최영호 교수해군사관학교의 발의로 진해에서 김달진 문학축전을 열기로 결의하다. 김달진문학상 1회 수상자의 연고로 참여.

1997년 8월, 지역문학 연구가와 제자를 묶어 경남지역 문학회를 만들어 학회지『지역문학연구』창간호를 내다. 이 학회는 2003년부터 경남·부산지역문학회로 이름을 바꾸고, 2006년까지『지역문학연구』13집을 내다. 9월, 엮은 책『가려뽑은 경남·부산의 시 ① 두류산에서 낙동강에서』경남대학교출판부를 내다.

1998년 2월, 강의용 공저『한국문학과 성』도서출판 불휘을 내다.

1999년 4월, 김달진문학축전의 원만한 운영을 위해 만든 경남시사랑문화인협의회 2대 회장을 맡다. 반년간 매체『시와비평』을 출범시켜 2001년 3호까지 내다. 그 뒤『시와비평』은 9호까지 나오다. 10월, 박사학위 논문을 중심으로 문학지리학과 장소 상상력에 관련한 글을 묶은 첫 연구서『한국 근대시의 공간과 장소』소명출판를 내다. 11월,『크리스마스 시집』양업서원을 엮다.

2000년 5월 22일, 가장 가까웠던 벗이자 한 해 후배 김창식이 유명을 달리하다. 유고집『대중문학을 넘어서』청동거울를 펴내고 출판기념회를 갖다. 추모시「집현산 보현사」를 쓰고, 뒷날「12월 – 김창식에게」로 더하다. 8월, 아내 김경희가 1980년 3월 유락여중을 시작으로 동명여중, 연산여중, 모라여중을 거쳐 다시 연산여중으로 이어졌던 스무 해 중등학교 교사직을 명예퇴직하다.

2001년 1월, 부산대 선배 시인 김창근 회장 체제에서 부산시인협회 부회장을 맡다. 9월, 지역 봉사 활동 가운데 하나로 경남대학교 평생교육원에 시 창작반을 마련하고 생활시 창작 현장을 북돋우는 길로 나서다.

2002년 1월, 김달진시인생가복원사업추진위원회 부

위원장을 맡다. 3월, 달리기를 시작하다. 6월, 네 번째 시집『풀나라』문학과지성사를 내다. 오형엽 교수가 풀이를 맡다. 8월, 시집『풀나라』로 제10회 부산시인협회상을 받다.「경남 지역문학과 부왜활동」을 발표해 지역 단위 부왜문학 연구의 필요성을 처음으로 강조해 논란이 일다. 이후 김정한·이원수·류치환에 대한 개별 부왜문학 연구의 결과 보고를 거듭하다.

2003년 3월, (주)중앙교육진흥연구소에서 낸『고등학교 문학』(상) 교과서에 시「유월」이 실리다. 5월 12일, 어머니 돌아가시다. 8월, 김상훈시비건립위원회를 만들어 시인의 고향 거창 가조면 일부리 온천 지구에 김상훈시비를 세우다. 때를 같이해 지역문학총서 1로『김상훈 시 전집』세종출판사을, 한정호 교수가 엮은『김상훈 시 연구』지역문학총서2와 함께 내다.

2004년 2월, 강의용으로『예술문화와 지역가치』경남대출판부를 엮다. 3월, 두 번째 연구서『한국 근대문학의 실증과 방법』소명출판을 내다. 5월, 연구서『한국 지역문학의 논리』청동거울와『경남·부산 지역문학 연구』1청동거울을 내다. 5월 15일, 아버지가 지으신 〈율곡면가〉옥난숙곡 노래비가 율곡면 사무소 안에 세워지다. 제24회 이주홍문학상을 받다. 5월 22일, 제1회 권환문학축전이 시인의 고향 마산 진전면 오서리에서 열리다. 묘지 표지석을 쓰다.

2005년 1월, 마산문학관개관준비위원회 부위원장. 5월, 재개발로 재개관하게 된 부산 이주홍문학관 전시공간의 기획, 배치를 마치다. 8월, 10년 관여했던 김달진문학축전 행사와 김달진문학관 일에서 손을 떼다.

2006년 2월,『정진업 전집 ① 시』세종출판사를 내다. 연구년을 맞아 몽골 서울 올랑바트르 몽골인문대학교 한국어과에 초빙교수로 건너가 한국학과 문학을 강의.

2007년 1월, 어머님 별세로 몽골에서 돌아오다. 현대문학이론학회 회장을 2008년까지 맡다. 8월, 향파이주홍선생기념사업회회장 김해석의 도움을 받아,『합천 예술문화 연구』도서출판해성 창간호를 내다.

2008년 8월, 류치환의 부왜 작품 네 편의 풀이를 두고『경남도민일보』에서 정과리와 지상 논쟁을 벌이다. 5월, 권환문학축전위원회마저 발을 끊다.

2009년 4월, 한국예술문화위원회 지원으로『허민 전집』현대문학을 내다. 재직교에서 2011년까지 2년 주기 연구중심형교수로 첫 임명. 6월, 아들 지욱이 해주오문海州吳門 오세광吳世光과 신일국申一國의 장녀 은주吳垠周와 혼례를 올리다.

2010년 5월, 기행문집『몽골에서 보낸 네 철－이별의 별자리는 남쪽으로 흐른다』경진를 내다. 10월, 아버님 돌아가시다. 12월, 산문집『시는 달린다』작가와비평와『새벽빛에 서다』작가와비평를 내다.

2011년 9월, 공저『파성 설창수 문학의 이해』경진를 내서, 2008년 여름 진주로 오가며 유품 죽보기를 만들었던 설창수와 인연을 한 매듭짓다. 2013년까지 재직교 연구중심형교수로 임명. 12월, 며느리 오은주 포항공과대학교에서 박사학위를 받다.

2012년 3월 20일, 첫 손녀 채은採誾이 포항에서 태어나다. 12월, 한국지역문학회회장최명표 고문을 맡다. 공저『한국문학 속의 합천과 이주홍』국학자료원을 내다.

2013년 2월, 울산 근대 첫 시조시인 근포 조순규의 시조 작품을 발굴해, 엮은 책『무궁화－근포 조순규 시조 전집』경진을 내다. 5월, 1930년대 프롤레타리아 소년소설집『소년소설육인집』경진을 내다. 12월, 다섯 번째 시집『달래는 몽골 말로 바다』문학동네를 내다. 이경수 교수가 풀이를 맡다.

2014년 3월, 딸 혜리 일본 동경농공대학교 졸업. 9월, 여섯 번째 시집『옥비의 달』중앙북스을 내다. 장철환 평론가가 해설을 쓰다. 5월, 다섯 번째 시집『달래는 몽골 말로 바다』로 제24회 편운문학상을 받다. 연구서『마산 근대문학의 탄생』경진, 첫 비평집『지역문학 비평의 이상과 현실』케포이북스, 그리고 엮은 책『동화시집』마르샤크, 백석역, 경진을 내다. 11월, 시집『옥비의 달』로 제14회 최계락문학상을 받다. 12월, 아들 지욱 포항공과대학교에서 박사학위를 받다. 시집『달래는 몽골 말로 바다』가 2014년 세종도서 문학나눔 우수도서로 뽑히다.

2015년 1월, 두 번째 비평집『시의 조건, 시인의 조건』케포이북스을 내다. 2월, 연구서『유치환과 이원수의 부왜문학』소명출판을 내다. 3월부터 9월까지는 중국 연변겨레자치주 연길시 연변대학교 객원교수로, 10월부터 12월까지는 개인 자격으로 머물며 두 번째 연구년을 보내다. 7월,『마산 근대문학의 탄생』이 2015년 세종도서 학술부문 우수도서로 뽑히다. 3연임 불가 규정에 따라 1주기를 쉬었던 재직교 연구중심형교수로 다시 임명. 10월, 시집『옥비의 달』이 2015년 세종도서 문학나눔 우수도서로 선정. 12월,

제19회 시와시학상 시인상을 받다.

2016년 11월, 다섯 번째 지역문학 연구서『경남·부산 지역문학 연구』4경진출판를 내다.

2017년 7월, 2019년까지 네 번째 연구중심형교수에 임명. 11월, 네 번째 산문집『지역 인문학 - 경남·부산 따져읽기』경진출판을 내다. 18일 딸 혜리가 문화류문文化柳門 류동렬柳東烈·강경란姜景欄의 장남 종민宗旻과 혼례를 올리다.

2019년 3월, 손녀 채은이 유치원을 마치고 포철지곡초등학교에 입학. 12월, 정년을 앞두고 1,428쪽짜리 연구서『한국 지역문학 연구』소명출판를 내다.

2020년 2월, 1988년 3월부터 서른두 해 일했던 경남대학교에서 정년퇴직. 교육계에서 일한 기간은 마흔한 해 석 달, 햇수로 마흔두 해. 경남대학교 한정호·김봉희 교수가『박태일의 시살이 배움살이』경진출판를 펴내다. 3월, 경남대학교 평생교육원 시 창작반 수료생 6명 공동시집『양파집』시학이 나오다. 7월, 연구서『한국 지역문학 연구』가 대한민국학술원 '2020년 우수학술 도서'에 선정. 12월,『한국 지역문학 연구』가 '2019 교육부 학술연구지원사업 우수성과 50선'에 뽑히다.

2021년 11월 3일, 외손 강빈康斌이 태어나다. 한국지역
문학회에서『한국지역문학연구』제19집을 '박태일 학문살
이의 지평' 특집으로 내다. 12월 9일 부정기 잡지『장소시
학-쇠의 바다, 경남 고성과 김해』창간호를 내다.

2022년 3월, 경남대학교 평생교육원 시 창작반에서
인연을 맺은 다섯 시인의 첫 시집이 나오다. 차수민의『꽃
삼촌』, 이영자의『달리는 꼴찌』, 김영화의『코뚜레 이사』,
하순이의『조금은 질투』, 최영순의『아라 홍연』. 다섯 권
의 풀이를 맡다. 11월,『장소시학-의로운 향 의로울 향, 의
령』제2호를 펴내다. 12월, 광주 계간지『시와사람』에 '전
남·광주 지역문학의 은싸라기 금싸라기' 연재를 시작하
다. 첫 글은「함평의 월북 시인 최석두가 남긴 노래말」.

2023년 3월, 전주『문예연구』에 '한국 지역문학의 옹
이와 결' 연재를 시작하다. 첫 글은「백석의 절명시「동창
생」과「물」길 따라」. 9월,『장소시학-부산의 꽃부리, 동
래』제3호를 펴내다. 11월, 일곱 번째 시집『연변 나그네
연길 안까이』산지니를 내다. 재중 겨레 평론가 김관웅이 풀
이를 맡다.